알리스

Alice

by Judith Hermann

알리스

ALICE

이용숙 옮김

JUDITH HERMANN

유디트 헤르만

차례

일러두기
1. 주는 모두 옮긴이 주다.
2. 인명, 지명은 국립국어원 외래어표기법에 따랐다.

미햐

하지만 미햐는 죽지 않았다. 월요일 밤에도, 화요일 밤에도 죽지 않았다. 어쩌면 수요일 저녁이나 밤에 죽을지도 모른다. 알리스는 사람들이 대부분 밤에 죽는다고 들은 것 같았다. 의사들은 더는 아무 말도 하지 않았고, 어깨만 으쓱해 보이며 소독한 빈손을 펴 보였다. 어떻게 해 볼 도리가 없군요. 미안합니다.

그래서 알리스와 마야는 마야의 아이와 함께 머물 곳을 새로 찾아야 했다. 임시로 지낼 다른 아파트 말이다. 지금 급한 대로 얻어 살고 있는 콘도는 너무 좁았다. 그들은 적어도 방 두 개가 필요했다. 마야와 아이의 방, 알리스의 방. 그리고 저녁에 텔레비전을 볼 거실, 아이를 위해 필요한 것들이 어느 정도 갖춰진 주방, 욕조가 있는 화장실이 필요했다. 뜰? 창 너머로 뭔가 아름다운 것을 볼 수 있다면 물론 좋을 것이다.

병원에서 미햐는 마름모꼴 무늬 환자복을 입고

있었다. 뼈가 앙상하게 드러날 정도로 말라 해골 같았
다. 그래도 손은 언제나 그랬듯 부드럽고 따뜻했다. 그
의 침대 머리맡 탁자에는 생수 한 병과 주둥이가 달린
컵 하나 말고는 아무것도 없었다. 어차피 미햐는 이젠
물도 마시지 않았다.

　알리스는 여행 가방을 챙겼다. 잠옷 한 벌, 티셔츠
세 벌, 스웨터 세 벌, 바지 하나, 속옷들, 책 한 권. 알리
스는 대나무로 짠 소파 위 쿠션들 사이에 앉아 사기 탁
자 위로 초록색 플라스틱 공을 아이에게 굴려 주었다.
공 안에 든 방울이 딸랑거렸다. 아이는 벌써 거실의 낮
은 탁자를 잡고 설 수 있었다. 아이는 양손으로 탁자를
붙잡고 자랑스럽게 서 있었다. 공에는 반응을 보이지
않았지만, 연달아 또렷하게 '토끼'라고 말했다. 분명히
알아들을 수 있는 발음으로. 마야는 이 도시 반대편 끝
에 사는 콘도 주인과 통화를 했다. 방 세 개에 뜰이 딸
린 더 싼 집이 있다고 했다. 물론 세탁기도 있고. 병원
과 거리도 멀지 않았다. 지금 지내는 이곳엔 붙박이장
위 꽃병에 개나리 조화가 꽂혀 있다. 창문 가에는 텅 빈
바다 위로 해가 지는 사진 액자가 걸려 있다. 알리스가
자는 소파 침대는 옷장 문 앞에 놓여 있다. 구석에는 더

블 침대가 있고, 대나무로 짠 소파는 창가에 붙어 있다. 커튼은 양쪽으로 열려 있고, 창밖으로는 슈퍼마켓 주차장이 보인다. 주차하러 들어오고 나가는 차들, 사람들, 구석에 늘어선 쇼핑 카트들. 가톨릭교회에서 운영하는 종합병원에 제 남편이 입원해 있어요. 마야가 전화에 대고 말한다. 침대 모서리에 앉아 손으로 머리를 받치고 얼굴을 돌린 채. 알리스는 마야의 등을 바라보고 있었다. 아이는 이제 공을 갖고 놀 모양이었다. 아이는 공을 높이 쳐들고 연신 흔들어대며 그 속에서 딸랑거리는 방울 소리를 들어 보았다.

우린 이사 갈 거야. 알리스가 아이에게 말한다. 우리는 다른 데로 간단다. 여기보다 훨씬 멋진 곳이야. 정말이야. 욕조도 있고, 뜰도 있거든. 매일 아침 밖으로 나가 놀 거야. 나무, 풀밭, 어쩌면 토끼도 있을걸. 아마 우리는 토끼를 한 마리 잡을 수 있을지도 몰라.

아이는 아무런 대답도 하지 않았다. 수수께끼 같은 눈길로 알리스를 한참 쳐다볼 뿐이었다. 아이의 턱 밑에는 맑은 침 한 방울이 매달려 달랑거렸다. 미햐의 아이, 미햐를 아주 많이 닮은 아이였다.

미햐는 츠바이브뤼켄*에서 죽어 가고 있었다. 이

도시의 이름은 알리스에게 무척 시적으로 들렸다. 하지만 뭔가 맞지 않았다. 죽는 사람이 건너야 할 다리가 있다면 그건 하나뿐일 테니. 이 병원 저 병원 전전하다 마침내 다다라 죽음을 기다리는 곳이 원래 살던 집에서 멀리 떨어진 이 츠바이브뤼켄의 가톨릭 종합병원이었다. 그럴 힘이 남아 있었다면 미햐는 이 이름으로 농담을 했을 것이다. 하지만 그에겐 그럴 힘이 없었다. 그는 암에 걸렸고 모르핀 주사를 맞고 있었다. 거의 끝난 상태였다. 침대 곁에서 그의 손을 잡을 때 그가 내는 소리가 고통의 신음인지 긍정의 감정을 나타내는 소리인지 이제 알리스는 알 수 없었다. 의사들은 이미 일주일 전부터 미햐에게서 손을 뗐다. 그저 예의상 가끔씩 들러 체온이나 맥박을 재는 척했다. 의사들은 벌써 며칠 전부터 그의 죽음을 예견했다. 그러나 미햐는 죽지 않았다. 숨을 들이쉬고 내쉬었다. 들이쉬고 내쉬고, 들이쉬고 내쉬고. 그게 다였다.

마야는 침대에서 아이의 기저귀를 갈았다. 아이는 눈부시게 아름다웠다. 살결은 보얗고 부드러웠다. 등

       미햐

에는 하트 모양의 반점이 있었다. 아이를 알아볼 수 있는 표식이었다. 알리스는 대나무 소파에 앉아 마야가 기저귀 가는 모습을 지켜보았다. 마야는 왼손으로 아이의 두 발을 붙잡고 아이를 부드럽게 들어 올렸다.

택시 타고 가요. 마야가 말했다. 택시 좀 불러 줘요. 10분 후에 오라고 하면 돼요.

알았어요. 알리스가 말했다.

두 사람은 이야기를 별로 많이 나누지 않았다. 이야기를 곧잘 하다가도 대화가 뚝 끊겨 말이 거의 오가지 않았다. 둘은 대체로 말이 없이 없었지만, 그게 그리 불편하지는 않았다. 어제 저녁에 두 사람은 아무 말도 하지 않고 나란히 앉아 식사를 하며 아이가 피자 먹는 모습을 지켜보았다. 상당히 긴 시간이었다. 알리스는 일어나서 마지막 설거지를 했다. 커피잔 둘. 접시 둘. 대접 하나. 아이가 점심때 흰 요구르트와 바나나 조각을 섞어 먹은 그릇이었다. 냉장고에 있는 것들을 꺼내서 좀 챙겨 줄래요? 마야가 말했다. 마야는 아이에게 잠시만 가만히 누워 있으라고 주의를 주었다.

냉장고 안에는 달걀, 생선, 토마토, 버터가 있었다. 회향차, 감자, 사과, 배도 있었다. 맥주 세 병, 와인 한 병도 챙겼다. 레인지 위 냄비 안에는 삶은 젖꼭지들과 소독한 병들이 들어 있었다. 알리스는 눈이 부시도록 샛노란 커다란 비닐봉지 두 개를 벌려 놓고 어쩔 줄 몰라 했다. 모든 것을 차곡차곡 제대로 챙기고 싶었지만 그럴 상황이 아니었다.

집주인이 찾아왔다. 그는 들릴 듯 말 듯 노크를 했다. 무슨 문제가 있는지 살펴보러 왔다고 했다. 알리스는 집주인 손에 돈을 쥐어 주고 나서 솔직하게 말했다. 저희는 여행을 가는 게 아니에요. 이사 가요. 여기가 너무 좁아서요. 특별히 다른 문제가 있어서는 아니에요. 감사합니다. 아뇨, 아직 그대로예요. 아직 안 끝났어요. 의사들 말로는 환자에게 아직 힘이 남아 있대요. 집주인은 미소를 지었다. 난처해서 어쩔 줄 몰라 지어 보이는 미소였다. 그 모습이 그리 적절해 보이지는 않았지만 달리 그가 무엇을 할 수 있겠는가.

그럼 어디로 가시는 거죠?

변두리로요. 마야가 침대에서 외쳤다. 시 외곽으로 가요. 마당이 필요해서요. 그게 아이한테 좋을 것 같아서요. 그동안 감사했어요. 어쨌든 정말 감사합니다.

마야는 열흘 전부터 아이를 데리고 츠바이브뤼켄에 와 있었다. 비행기를 타고 왔다. 아이는 처음으로 비

                                          미햐

행기를 탔지만 이륙할 때도 착륙할 때도 울지 않았다. 마야는 이 집을 베를린에서 예약했다. 집주인에게는 츠바이브뤼켄에 휴가를 보내러 온 게 아니라는 사실을 알려 주었다. 도대체 이 츠바이브뤼켄에 휴가를 보내러 오는 사람이 있기는 할까? 집주인은 뭐라고 대답할 말을 찾지 못했다. 방세는 하루에 40유로였고, 개나리 조화, 그리고 샤워기가 달린 욕실이 있었다. 병원에 들르기 시작한 지 나흘째 되는 날, 병원 가는 길에 아이가 길가에서 울기 시작했고 달랠 방법이 없었다. 마야는 알리스에게 전화를 걸었다.

여기 와 줄 수 있어요? 미햐가 죽어 가요. 당신도 마지막으로 미햐를 한 번 더 보고 싶을 거예요. 아이를 돌봐 줄 사람이 필요하기도 하고요. 아이가 더 이상 병원에 안 가고 싶어 해요.

미햐가 나를 보고 싶어 할 거라고 생각해요? 내가 나타나면 미햐가 큰 충격을 받지 않을까요? 알리스는 사실 그렇게 묻고 싶었다. 미햐가 정말 알리스를 보고 싶어 하는지 마야가 어떻게 아느냐고.

대신 알리스는 이렇게 물었다. 아이가 왜요?

마야는 잠시 생각하더니 이렇게 대답했다. 아이한테는 아빠가 이제 사람처럼 보이지 않나 봐요. 그래서 더 이상 아이를 병실에 데려갈 수가 없어요. 하지만 난 미햐 곁에 있고 싶어요. 무슨 말인지 알죠?

알리스는 다음 날 출발했다. 마야와는 잘 아는 사이도 아니었다. 알리스가 아는 사람은 미햐였다. 물론 알리스는 그를 다시 한번 보고 싶었다. 그건 물을 필요도 없는 일이었다. 미햐의 얼굴을 보지 못하면 도저히 살 수 없을 거라 생각하던 시절도 있었다. 알리스는 미햐에게 자주 그렇게 말했다. 그때마다 미햐는 기분 좋게 웃어 넘겼다. 알리스는 이제 기차를 타고 황량하고 볼품없는 경치를 지나쳐 달리는 동안 미햐가 죽을 수도 있다고 생각했다. 알리스는 자기가 온다는 이야기를 듣고 미햐가 죽을지도 모른다고 생각할 정도로 자신의 영향력을 높게 평가하고 있었다.

알리스는 길을 떠났다. 그렇지만 미햐는 죽지 않았다. 알리스가 열차 안에서 신문을 읽고, 잠이 들었다가 다시 깨고, 커피를 마시고, 신맛이 나는 사과를 먹고, 창밖을 내다보고, 울고, 화장실에 가고, 좌석을 두 번 옮기는 사이에도 미햐는 죽지 않았다. 모든 것을 미햐의 죽음에 대한 암시나 예견으로 받아들였지만 하나도 맞지 않았다. 알리스가 츠바이브뤼켄에 도착했을 때 마야와 아이는 역에 마중 나와 있었다. 마야와 알리스는 서로 포옹했고 마야가 말했다. 우는 건 우리 나중에 해요. 알리스가 도착해 아이를 돌보고 마야가 병원에 갔던 첫날 밤에도 미하는 죽지 않았다. 둘째 날 밤에도 죽지 않았다. 세 번째 밤이 되기 전에 그들은 집을 옮기기로 결정했다.

그들은 거리로 나와 택시를 기다렸다. 유모차는 접어 두었다. 알리스와 마야의 여행 가방 옆에는 냉장고에서 꺼낸 음식을 담은 비닐봉지들이 놓여 있었다. 그리고 자질구레한 물건들. 모든 단어들이 갑자기 또다른 의미를 지녔다. 인도는 좁았고, 자동차들이 빠르게 내달리면서 인도로 물을 튀겼다. 인도를 걷는 사람은 아무도 없었다. 택시는 오지 않았다. 마야는 아이를 팔에 안고 한동안 흔들어 주다 알리스에게 넘겼다. 아이를 받아 든 알리스는 아이가 자기 품을 거부할까봐 걱정했다. 그러나 아이는 벗어나려 하지 않았다. 그저 표정이 굳어질 뿐이었다. 알리스는 아이를 안았다가 사람들이 흔히 하듯 잠시 팔에 아이를 걸쳤다. 부드러운 진분홍빛 털모자에 감싸인 아이의 얼굴이 가까이 다가오자 알리스는 당황했다. 아이에게서 아기 냄새가 났다. 우유 냄새와 당근 죽 냄새였다. 푸른 눈은 크고 텅 비어 보였다. 알리스는 그 눈빛을 참을 수 없어서 고개를 돌려 거리를 위아래로 훑어보았다. 무슨 동네가 이 모양이람. 길은 고속도로로 뻗어 있고, 곧이어 공원이 나타났다. 깊지 않은 연못에 지저분한 오리들이 헤엄치고 있는 공원이었다. 그다음 황량한 시내 중심가를 지나면 병원에 닿을 수 있었다. 유모차에 아이를 태우고 걸으면 20분쯤 걸리는 거리였다. 걸음마를 배우는 중인 아이는 계속 혼자 걸으려고 했는데, 아직 똑바로 걷지 못하고 삐뚤빼뚤 걸었다. 아이는 걸음마를 배웠다. 이 모든 상황에도 불구하고. 아니면 바로 그 때문에. 마야는 일주일 내내 이 길을 걸어서 다녔다. 아이는 물러진 비스킷을 오리들에게 던졌다. 오리들은 아무런 반응도 보이지 않았다. 날이 추웠다. 10월 중순이었다. 볕이 화려한 가을날은 아니었다. 알리스의 팔에 안긴 아이는 고개를 돌려 알리스가 쳐다보는 곳을 함께 보았다. 비가 내렸고 잿빛 집들만 서 있었다. 아이에게 손가락으로 가리켜 보여 줄 만한 것은 아무것도 없었다.

한 번 더 전화해서 택시를 부를 걸 그랬어요. 알리스가 말했다. 마야는 대답하지 않았다. 다시 전화를 걸었어도 소용없었을 거라는 뜻으로 비쳤다. 알리스가 생각하기에 마야는 말을 하지 않는 중에도 말을 했다. 침묵을 통해 명확하게 자기 의사를 밝혔다. 다른 상황이었다면 알리스는 왜 아무 말도 하지 않느냐고 물었을 것이다. 그러나 마야는 미햐의 아내였다. 두 사람은 함께 아이를 낳았고, 이제 미햐가 죽으면 마야는 미햐의 미망인이 된다. 알리스가 어떤 권리를 주장하기에 이미 미햐와 알리스 사이의 일은 까마득히 오래전 일이었다. 그저 한때의 이야기에 불과했다. 그러나 이 지나가 버린 한때의 이야기가 없었더라면 내가 지금 여기 츠바이브뤼켄에 와 있을 리도 없지. 알리스는 생각했다. 하지만 내가 여기 있다고 해서 미햐의 죽음과 관련해 달라질 건 아무것도 없어.

택시가 길가에 멈춰 섰다. 택시 기사는 얼굴을 찡그렸다. 마야의 온갖 잡동사니를 차 트렁크에 싣기 위해 차에서 내려 발을 적시기가 싫었던 것이다. 유모차, 가방들, 음식이 든 봉지들. 기사가 차에서 내렸다. 마야는 알리스에게서 아이를 받아 안고는 그를 향해 웃어 보였다. 알리스는 앞좌석에 올라탔다. 기사는 짜증스러워하며 뒷좌석에 어린이용 카시트를 고정시켰다. 마야는 미소를 지으며 아이를 무릎에 앉혔다. 차가 출발했다. 멋진 자동차 와이퍼, 라디오에서 흘러나오는 음악, 지역 방송, 시시껄렁한 수다. 땡 소리가 울리고 유행가가 나온다. 창밖을 내다본다. 길 아래쪽으로, 고속도로 너머를 바라본다. 도로 표지판들, 방향 표지판들, 이어 다음에 나타날 램프 구간 표지판이 선명하게 보였다. 츠바이브뤼켄을 벗어나 먼 곳으로 사라져 버릴 가능성이었다. 벗어나자, 달아나 버리자, 사라져 버리자, 떠나 버리자. 여기서는 갑자기 더 이상 통용되지 않는 말. 그들은 공원 옆을 지나 달렸다. 병원 건물이 나타났다. 7층 건물에 층마다 창문이 스무 개씩 있었다. 6층 왼쪽에서 세 번째 창문이 그 병실 창문이다. 미햐가 침대에 누워 숨을 들이쉬고 내쉬고 다시 들이쉬는 그 방. 미햐의 병실 문은 언제나 열려 있고, 그의 숨소리는 너무도 커서 엘리베이터에서 내리자마자 들을 수 있을 정도다.

미햐를 보면 놀랄 거예요. 알리스가 처음으로 병원에 갔을 때 마야가 말했다. 사실이었다.

알리스는 병실 창문을 올려다보지 않았다. 그들은 도심을 벗어나 언덕을 향해 달렸다. 잠시 오르막길이 이어지다가 숲이 나타나고, 주택가로 들어섰다. 택시 기사는 심하게 기침을 했다. 뒷좌석에서 마야가 외쳤다. 12번지예요. 알리스는 택시비를 냈고, 영수증은 요구하지 않았다. 그는 차 트렁크에서 마야의 물건들을 꺼내며 뭔가를 중얼거렸다. 그런 다음 택시를 몰고 가 버렸다. 알리스와 마야와 아이는 거리에 서서 그 집을 바라보았다. 나지막한 흰색 건물로, 온실이 딸려 있었 다. 온실에는 활짝 핀 철쭉이 부옇게 김이 서린 유리 벽 에 바싹 붙어 있었다. 현관문의 모자이크 창에는 빗자 루를 탄 마녀 장식 하나가 매달려 있었다. 마녀는 바람 에 이리저리 흔들렸다. 알리스는 초인종을 어떻게 눌 러야 하는지 알 것 같았다. 공기는 차가웠다. 갑자기 비 냄새가 났다. 젖은 땅, 축축한 잎사귀들.

알리스는 오전에 병원에 갔다. 아침 식사 후였다. 혼자 있으면 더 쉽게 세상을 떠나는 분들이 있습니다. 한동안 환자를 혼자 놔둬 보세요. 걱정하실 필요는 없 습니다. 한 의사가 그렇게 말했다. 미햐는 새벽 1시부 터 아침 10시까지 혼자였다. 그 아홉 시간 동안 그는 죽지 않고 숨을 쉬었다.

그날 오전 알리스는 미햐의 침대 옆에 앉아 있었 다. 12시까지. 그러다 나중에는 반대편에 앉았다. 방은 용도에 맞게 꾸며져 있었다. 붙박이장, 세면대, 화장실 로 가는 문, 또 하나의 침대가 놓여 있던 니스 칠한 리놀륨 바닥. 그 침대에는 다른 환자가 누워 있었지만 지금은 비었다. 간호사들은 며칠 전 그 환자를 아무런 설명 없이 다른 곳으로 옮겼다. 어딘가 다른 곳으로.

알리스는 창을 등진 채 침대 오른편에 앉아 있었다. 창밖으로 시내 풍경이 보였고 저 멀리에 언덕이 줄지어 펼쳐졌다. 그러다가 모르핀 주사약 병이 걸린 침대 왼쪽으로 옮겨 앉았다. 그쪽에서는 붙박이장에 기대어 멀리 펼쳐진 언덕들을 바라볼 수 있었다. 미햐를 바라보는 일, 그의 얼굴을 보는 일을 더는 견딜 수 없을 때. 미햐는 눈을 뜬 채 잠을 잤다. 계속 잤다. 그는 빛을 향해 누워 있었다. 날이 흐리긴 했지만 낮이었다. 미햐의 몸, 머리, 팔과 손 모두가 마치 식물처럼 창문을 향해 있었다. 눈을 뜨고 있었지만 자는 것처럼 보였다. 하지만 자는 것과는 아주 다를 것이다. 모르핀에 취해 머릿속에 수많은 영상이 넘쳐나거나 반대로 더 이상 아무것도 남아 있지 않을지 모른다. 미햐는 자주 깊은 숨을 내쉬었다. 알리스는 이따금 그의 손을 잡았다. 그 손은 참 따뜻하고 한없이 친숙했다. 열린 병실 문으로 간호사들이 걸어다니며 내는 신발 끄는 소리가 들려와 위로가 되었다. 병동 간호사들이 있는 곳에서 울리는 전화 벨소리, 휠체어 끄는 소리, 속삭임과 웃음소리, 사람들이 끊임없이 오가는 소리. 식사 운반차가 병실 앞을 지나가고, 이따금 수녀 한 명이 병실에 들렀다. 특히 표정이 어두운 나이 든 수녀가 자주 왔는데, 그녀는 미햐가 아니라 알리스를 보러 오는 것 같았다.

그대로죠?

네. 그대로예요.

수녀는 침대 발치에 서서 철제 난간을 붙잡았다. 그리고 비스듬히 미햐를 바라보았다. 호기심 어린 표정으로. 미햐의 입은 벌어진 채 검은 잇몸이 드러나 있고 초점 없는 두 눈은 창문을 향해 있었다. 수녀는 알리스를 유심히 바라보며 물었다. 미햐는 어떤 사람이었나요.

무슨 말씀이세요. 알리스가 몸을 일으키며 물었다. 그녀는 붙박이장에 기댄 채 의자에 깊이 파묻혀 있던 참이었다.

직업이 뭐였느냐고 물으시는 건가요?

수녀는 무심히 양손을 들어 올리는 동작을 해 보이곤 다시 침대 난간을 잡았다. 그 때문에 침대가 약간 흔들렸다. 그러니까 이분이 무슨 일을 했느냐는 거죠. 뭘 하면서 살던 분인가요?

두 사람은 함께 미햐를 바라보았다. 알리스는 생

각했다. 이 수녀는 미야가 어땠는지, 그의 모습이 어땠는지, 그가 어떻게 말하고 욕을 하고 화를 내고 미소를 지었는지, 그가 어떻게 삶을 헤쳐 왔는지 절대로 알 수 없을 것이라고. 수녀는 그저 죽어 가는 한 남자를 바라보고 있을 뿐이었다. 수녀는 뭔가를 놓치고 있는 게 아닐까?

알리스는 머뭇거리며 말했다. 그러니까, 이 사람은 마술사였다고 얘기할 수 있겠네요. 마술을 보여 주는 사람요. 무슨 말인지 아시죠? 병에서 토끼를 꺼내고, 저글링을 하고, 사람의 생각을 읽는, 그런 모든 트릭을 쓰는 마술사 말이에요. 하지만 이 사람은 항상 상대가 카드를 읽게 해 주었어요. 자기가 쥔 패를 언제나 보여 주려고 했어요. 어떻게 설명해야 좋을지 모르겠네요.

그러나 수녀는 말했다. 그와 비슷한 것을 자기도 짐작했다고. 수녀의 말투는 담담했다. 그 말투가 동의하는 것 같기도 하고 경멸하는 것 같기도 해서 명확한 의도를 알 수 없었다. 수녀는 말했다. 이제 오래 걸리지 않을 거예요. 그러면서 수녀는 방에서 나갔다. 저렇게 환자 얼굴이 마르면 오래가지 않거든요.

희게 칠한 나지막한 집의 문이 저절로 열렸다. 그들은 벨을 누를 필요가 없었다. 아마도 여기서는 모든 사람이 모든 것을 관찰하는 모양이었다. 이 고요하고 평온한 거리에 사는 사람들 모두가 테라스 유리문에 친 커튼 뒤 그늘진 거실 구석에 서서 그들이 택시에서 내리는 모습을 다 보고 있다. 금발 여자 하나, 갈색 머리 여자 하나, 머리에 분홍 털모자를 쓴 아기 하나. 셋 다 눈가에 다크서클. 트렁크, 비닐봉지들, 유모차. 문이 안에서 열렸고, 집주인 내외가 집 앞으로 나섰다. 어서 오세요. 내외는 양팔을 벌렸다. 뚱뚱한 아내와 뚱뚱한 남편. 나이 든 사람들이었다. 마야의 부모, 혹은 알리스의 부모 연배였다. 알리스는 마야보다 나이가 많았다. 미햐도 마찬가지였다. 알리스는 미햐가 자기보다 오래 살 거라고 생각했다. 모든 사람이 죽은 뒤에도 미햐는 살아 있을 거라고. 미햐는 언제나 거기에 있을 거라고 알리스는 생각했다. 왜 그렇게 생각했는지는 설명할 수 없다. 아마도 그것이 알리스의 애정 표현이었을 것이다. 시간을 뛰어넘는 무언가. 알리스는 한 손에는 비닐봉지들, 한 손에는 여행 가방을 들고 그 집 앞에 섰고 아이를 팔에 안은 마야가 그 옆에 섰다. 그들 곁에는 꽃밭에 꽂힌 장식용 유리공들, 벌써 갈아 놓은 흙, 초록

잔디, 백색 점토로 만든 거북들이 보였다. 알리스는 무릎이 떨리는 것을 느꼈다. 잠시 쓰러질 것 같았지만 그런 느낌은 곧 사라졌다. 집주인 여자는 가슴이 컸고, 보라색 테 안경을 쓰고 있었다. 여자는 말도 못 하게 친절하게 굴었다. 어딘가 평범하지 않았다. 남자는 계속 자기 아내 뒤에 서 있었다. 그의 손은 거칠고 악수하는 손길은 탄탄했다. 운동복 바지는 지저분했고, 넓게 벗어진 머리 정수리 양쪽에 눈에 띄는 흉터가 있었다. 마치 언젠가 머리를 조이는 고문 기구 속에 들어갔다 나온 머리통 같았다. 기괴했다. 그러나 어차피 모든 것이 기괴했다. 다가오는 대로 받아들이는 수밖에 없었다. 그래서 알리스는 여행 가방을 뜰 안으로 들였다. 그러는 사이 마야의 팔에 안긴 아이가 계속 토끼라고 외쳤다. 토끼. 토끼. 마치 모두를 안심시키려는 듯이.

머물 공간은 지하에 있었다. 안주인은 원래 그들 부부가 이곳에 살았다고 설명했다. 자기들이 손수 만든 공간이라고 했다. 남자는 아무 말 없이 미소만 지었다. 1층에서 딸이 아이들을 데리고 살았고, 부부가 이 지하층에서 살았는데 딸이 아이들을 데리고 다른 도시로 옮겨 가면서 이제는 부부가 1층에 살고 지하 공간을 세놓는다는 설명이었다. 그래서 아쉽다는 말도 했다. 부인은 마치 사과라도 하는 양 장황하게 설명을 늘어놓았다. 사투리가 심했다. 그래서 절반밖에 알아들을 수 없었다. 하지만 어차피 누가, 언제, 왜 여기 살았느냐 하는 것은 아무 상관이 없었다. 알리스는 마야를 따라 걸었다. 마야는 아이를 팔에 안아 든 이 집 안주인을 따라가고 있었다. 부인은 아이의 분홍 털모자를 벗겨 주고, 마치 자기 아이라도 되는 것처럼 아이를 팔에 안았다. 다 함께 계단을 내려갔다. 부인이 굳어져서 다시 아무 말도 하지 않는 아이와 함께 앞장서고 마야, 알리스, 남자 순서로 뒤를 따랐다. 남자는 여행 가방과 비닐봉지들을 들어 주었다. 대단히 친절한 사람이었다. 그는 숨을 몰아쉬며 알리스 등 뒤에 바싹 붙어 따라왔다.

집은 경사진 곳에 있었다. 알리스와 마야가 지낼 곳은 앞쪽은 지하지만 뒤쪽은 정원으로 나가게 되어 있었다. 첫눈에는 아무 문제도 없어 보였다. 분위기가 안락했다. 빌트인 주방이 한쪽 면을 차지하고 있는 넓은 공간. 한가운데에는 밝은색 목조 식탁이, 선반에는 요리책들과 도자기 장식품들이 있고, 텔레비전이 있고, 구석에 소파가 놓인 이 공간을 나가면 침실 두 개와 욕실이 있었다. 욕실에는 욕조와 세탁기가 있었다.

다시 한번 둘러보니 모든 것이 정상은 아니었다. 여기저기 잡동사니들이 흩어져 있었다. 아마 어제 막 위층으로 이사해서 아직 모든 짐을 다 꺼내 가지 않은 듯했다. 사적이고 일상적인 물건들이 여기저기 놓여 있었다. 사진 액자, 알코올 배터리, 구겨진 잡지들, 짜다 만 뜨개질거리. 욕조 가장자리에는 싸구려 샴푸와 바디 샴푸들이 늘어서 있었다. 아이들 장난감도 있었다. 아이가 당장 그걸 찾아냈다. 옷장에는 옷들이 걸려 있고, 옷장 밑에는 실내화가 있었다. 하지만 불평할 거리는 정말 찾기 어려웠다. 그 밖의 모든 것이 안락했다. 그러나 이처럼 타인의 사적인 공간에 들어와 있다는 사실이 왠지 부담스러웠다. 알리스는 토할 것 같았다. 그때 알리스는 여기 이사 오기 전에 머물렀던 콘도의 우울한 인테리어를 떠올렸다. 사실 그 집에서는 모든 물건이 실용적이었다. 꼭 필요한 것 말고는 아무것도 없었다. 아이는 아주 신이 나 있었다. 선반에 놓여 있던 도자기 장식품들을 한데 모아 놓고 식탁보를 잡아당겨 떨어뜨리고, 레고 블록으로 가득 찬 세제 통을 바닥에 쏟고, 냉장고 문을 잡아 흔들었다. 이 집 안주인은 웃음을 터뜨리며, 아이 때문에 사과하는 마야를 나무랐다.

  미햐

그리고 이리저리 분주히 다니며 모든 것을 보여 주었다. 커피포트, 커피 머신, 전동 블라인드, 텔레비전, 비디오, 침대 시트, 열쇠. 열쇠 꾸러미에는 철사로 만든 빗자루 탄 작은 마녀가 달랑거렸다.

알리스는 주방 창가에 서서 뜰을 내다보았다. 테라스에는 할리우드 영화에 나올 법한 그네가 덮개로 덮여 있었다. 동그란 플라스틱 테이블 주변에는 흰 의자 네 개가 놓여 있고 한가운데에 파라솔이 접힌 채로 꽂혀 있었다. 나무들은 벌써 잎이 거의 다 떨어져 있었다. 시들어 버린 달리아, 국화, 해바라기, 포도 덩굴을 올린 정자, 붉게 익은 포도. 다른 집들 정원 위로 언덕이 오르락내리락하며 멋진 풍경을 자아내고 있었다. 그런 다음 집들이 펼쳐지고, 왼쪽 끝에 일렬로 긴 창문이 늘어선 병원 건물이 보였다. 미햐의 병실 창문을 알아보기에는 먼 거리였지만, 거기에 미햐가 있다는 사실을 의식하기에는 충분히 가까운 거리였다. 그리고 우리는 여기에 있다.

알리스는 이 사실을 깨닫고 나서 생각했다. 지금 당장 마야에게 이 사실을 알려 주지 않으면 배신을 저지르는 것이라고. 알리스는 잠시 참았다. 마야는 아직 바빴다. 주인 여자와 아이와 함께 침실에서 무언가를 하고 있었다. 아이는 침대에서 뛰고 있는 듯했다. 기분이 좋아 소리를 지르고 있었다. 알리스는 창밖에서 시선을 돌려 스테인리스로 된 개수대를 바라보았다. 개수대 위 선반에는 플라스틱 양념 통들이 놓여 있었다. 반쯤 차 있는 양념 통에는 마요란, 로즈마리, 여러 가지 후추들이 들어 있었는데, 통들은 모두 약간 지저분해서 뚜껑 부분이 끈끈해 보였다. 개수대도 아주 깨끗하지는 않았다. 알리스는 수도꼭지를 틀었다 다시 잠갔다. 그때 주인 남자가 등 뒤에 와서 섰다. 그는 양손으로 알리스의 허리를 잡고 자기 몸 쪽으로 끌어당겼다. 그러고 잠시 서 있다가 알리스를 옆으로 밀어냈다. 주인 남자는 식기세척기 받침이 개수대 밑에 들어 있다며 어딘가를 가리켰다.

아, 정말 감사합니다. 그게 꼭 있어야겠죠. 알리스가 말했다. 알리스는 한 손을 들어 뒷목에 얹으며 황당하다는 표정으로 천천히 주인 남자를 향해 돌아섰다. 마치 조금 전의 포옹을 다시 씻어 내는 일이 가능하기라도 한 것처럼.

남자는 고개를 저었다. 그는 창밖을 내다보며 미소를 짓더니 이렇게 말했다. 천만에요. 참 힘드시겠습니다. 정말 힘든 시기죠.

그는 마치 움푹 팬 구덩이 곁에 서 있기라도 했던 것처럼 옆으로 물러섰다. 짐짓 겸손한 척 뒤로 물러선 그는 시선을 내리깔고 고개를 저었다. 그의 아내는 서둘러 침실에서 나왔다. 팔에 라일락 빛깔의 침대 시트와 이불보를 한아름 안은 채 얼굴이 상기돼 있었다. 침대 정리는 저희가 직접 할게요. 마야가 침실에서 외쳤다. 그냥 두세요. 정말 저희끼리 할 수 있어요. 주인 여자는 자기 남편에서 알리스에게로 눈길을 돌려 그녀를 바라보았다. 알리스는 주인 여자에게 다가가서 이불보를 받아 들었다. 정말 괜찮겠어요? 여자가 물었다. 그럼요. 알리스가 대답했다. 뭐가 괜찮아야 하는지 확실히 알지도 못한 채.

마야는 주방으로 들어와 침실 문틀에 기대섰다. 문틀은 낡은 목조 기둥을 잘라 만든 것으로 겉보기에는 튼튼했다. 아이는 네 발로 엉금엉금 기어나와 마야의 손 쪽으로 몸을 뻗으며 마야의 무릎을 양팔로 끌어안았다. 셔츠와 타이츠 차림인 아이는 가볍게 딸꾹질을 했는데, 안쓰러울 정도로 지쳐 보였다. 알리스는 말했다. 여기로 와서 정말 다행이에요. 참 좋네요. 저 정원만 해도 얼마나 좋아요. 알리스는 그렇게 말하면서 뭔가 동작을 취하려 했지만 적당한 것을 찾지 못했다.

그러나 그것만으로도 충분했다. 주인집 부부는 마침내 위층으로 올라갔다. 호기심 때문에 두 사람은 육중한 동물들처럼 머뭇거리며 뒷걸음으로 계단을 올라갔고, 끝까지 뭔가를 계속 외쳤다. 안심시키고, 위로하고, 뭔가 정보를 주는 이야기들이었다. 주인 남자가 먼저 사라지고, 마야가 손바닥으로 문을 눌러 닫고 둥근 문 유리에 머리를 기댈 때까지 그들의 말은 계속되었다.

알리스는 오후에 다시 한번 미햐에게 갔다. 마야와 아이가 잠을 자는 한 시간 남짓의 시간이었다. 알리스는 집을 나서서 주택가를 벗어나 시내로 내려갔다. 숲을 지나 내리막길을 걸었다. 비는 더 이상 내리지 않았고 날씨는 음습하고 추웠다. 알리스는 목도리를 두르고 양손을 재킷 주머니에 찔러 넣은 채 걸었다. 병원 안은 평온했다. 파란 모자이크 돌 수천 개로 이루어진 하늘 아래 한 수도자가 축복하듯 양팔을 벌리고 서 있었다. 병원 입구에 있는 모자이크화였다. 그 옆에서는 커피 머신이 윙윙거리고 있었다. 알리스는 벽에 붙은 의사와 간호사와 수녀들의 증명사진을 지나쳐 걸어갔다. 미햐가 어떤 사람이었냐고 물어보았던 그 키 작은 수녀의 주름진 얼굴도 거기서 찾아볼 수 있었다. 그녀

                                        미햐

의 이름을 찾아볼 수도 있었겠지만 뭔가가 알리스에게 그 일을 하지 못하게 했다.

알리스는 엘리베이터를 타고 6층으로 올라갔다. 엘리베이터 문이 열리자 미햐의 숨소리가 들려왔다. 문은 열린 채 고정돼 있었다. 미햐는 알리스가 없는 동안 전혀 움직이지 않은 것처럼 누워 있었다. 양팔은 좌우로 뻗고, 얼굴은 희미한 불빛을 향해 있었다. 입은 벌어져 있고 눈은 뜬 채였다. 알리스는 오전에 테이블 쪽으로 밀쳐 두었던 의자를 다시 그의 침대 옆으로 끌어다 놓았다. 그리고 의자에 앉아 조심스럽게 그의 이름을 불렀다. 미햐는 반응을 보이지 않았다. 그렇지만 알리스는 자신이 거기 있다는 사실을 미햐가 안다는 느낌을 받았다. 알리스가 병실에 와 있다는 사실이 미햐에게 중요한지, 또는 그 사실이 미햐를 힘들게 하는지 알리스는 알 수 없었다. 미햐는 어떤 사실에도 더 이상 반응할 수 없을 것이다. 한때 있었던 모든 것이 사라져 버렸다. 미햐와 알리스 사이에 있었던 모든 일들 역시 사라져 버렸다. 거기에는 무엇도 더 이상 남아 있지 않았다. 모든 것이 끝났다. 알리스는 이제 이별을 해도 좋을 것 같았다. 순수하게 반짝이는 현재. 알리스는 미햐에게 키스했다. 함께 살 때는 한 번도 이런 식으로 키스

했던 적이 없었다. 함께 살 때 미햐가 이런 종류의 키스를 갈망했을 거라는 사실을 알리스는 잘 알았다.

저녁에 그들은 함께 밥을 먹었다. 알리스, 마야, 그리고 아이. 밝은색 목조 테이블 한쪽에 마야와 아이가, 다른 쪽에 알리스가 앉았다. 생선과 감자 요리, 노란 병아리가 그려진 접시, 꽃무늬가 그려진 유리잔. 요리는 마야가 했는데 소금을 전혀 치지 않았다. 특별한 재료 없이도 그녀는 성경에 나오는 식단처럼 차려 냈다. 무미건조하다고도 순수하다고도 생각할 수 있는 맛이었다. 아이는 그 맛을 좋아하는 것 같았다.

가족이 다 함께 식사를 자주 했나요? 알리스가 물었다.

가끔 질문을 하나씩 던질 수 있었다. 그러면 마야가 대답했고, 때로는 그 반대였다. 마야가 묻고 알리스가 대답했다. 하지만 그 이상은 하지 않았다. 질문과 대답이 있을 뿐 대화는 없었다. 상황이 그럴 수밖에 없다고 알리스는 생각했다. 밀도 있는 공허감.

그랬어요. 처음에는 식사를 자주 같이하진 않았지만 나중에는 그랬죠. 우리가 함께 살게 된 다음부터는요. 미햐는 쌀 요리를 좋아했어요.

그랬군요.

알리스는 지난해 미햐를 거의 보지 못했고, 그가 마야와 함께 살고 있는 집을 가 본 적도 없었다. 아이가 있다는 사실조차 몰랐고 알려고도 하지 않았다. 내가 알던 미햐와 다른 미햐? 그런 건 알고 싶지도 않았다.

아이는 손바닥으로 자기 접시를 세게 한번 내리쳤다. 감자와 생선으로 만든 죽을 담은 접시였다. 마야는 아이 손을 잡아 수건으로 닦아 주었다. 다섯 손가락 하나하나를 꼼꼼하게 닦았다. 아이는 자기 손을 바라보며 고개를 끄덕였다. 생선을 먹은 뒤엔 플레인 요구르트가 나왔다. 미지근한 회향차도 나왔다. 아이는 혼자 병을 들고 마셨다. 마야의 무릎에 앉아 차를 마시는 동안 아이는 눈을 떼지 않고 알리스를 바라보았다.

자, 이제 자러 갈 시간이야. 마야가 말했다. 마야는 아이를 조심스럽게 바닥에 세워 놓고 아이가 스스로 균형을 잡을 때까지 기다렸다. 마야는 식탁을 치우면서 말했다. 미햐의 상태가 다시 좋아지면, 그러니까 열이 다시 오르지 않고 괜찮아지면 다음 주에 환자 이송차를 부르자는 것이었다. 집으로, 베를린으로 갈 거예요. 그이를 집에서 보살피고 싶어요. 미햐도 그걸 원해요. 집으로 가고 싶어 해요.

마야는 개수대 물을 틀어 접시들을 대충 씻은 다음 식기세척기를 작동시켰다. 식기세척기 받침도 스스로 찾아냈다. 주방에서 움직이고 있는 마야 모습은 자연스럽고 자신감 있었다. 머뭇거리는 기색이라곤 없었다. 마야는 무엇에도 겁을 먹지 않았고, 구토를 느끼지도 않는 것 같았다. 식탁을 닦은 뒤에 마야는 커피포트에 물을 끓였다.

미햐가 오늘 열이 났던가요?

마야는 식기세척기 앞으로 가서 잠시 버튼과 그림들을 살펴보더니 뚜껑을 닫고 버튼 하나를 오른쪽으로 힘차게 돌렸다. 오늘 열이 났어요?

아뇨. 알리스가 대답했다. 알리스는 꿈을 꾸는 듯한 아이의 눈길을 바라보며 무심한 그 평온함을 다행스럽게 여겼다. 오전에는 젊고 창백한 간호사 하나가 겁먹은 표정으로 서툴게 미햐의 맥을 찾더니 디지털 체온계로 열을 쟀다. 간호사는 귀뚜라미 우는 소리처럼 부드러운 체온계의 신호음에도 마치 누군가 그녀의 귀에 대고 소리라도 지른 것처럼 화들짝 놀랐다. 그리고 움직이는 숫자들을 심사숙고하듯 환자 기록표에 적어 넣고는 도망치듯 병실을 나가 버렸다. 간호사는 자기가 체온을 재는 동안 미햐가 숨을 거둘까 봐 겁을 먹은 것 같았다. 갑작스러운 체온 저하. 급격히 떨어지는 디지털 숫자들. 0을 향해 추락하는 숫자들. 맥박을 재려고 간호사가 미햐의 손목과 목을 잡았을 때 알리스는 미햐가 아파한다는 느낌을 받았다. 그래서 알리스는 더 이상 그의 손을 잡지 않았다.

알리스는 말했다. 아뇨. 열은 오르지 않았어요. 알리스는 자리에서 일어나며 다시 말했다. 나머지는 내가 치울게요. 내가 할게요.

언제나 물을 너무 많이 쓰잖아요. 마야가 말했다. 설거지하는 동안 물을 계속 틀어 놓잖아요. 그게 신경 쓰여요. 미햐도 설거지를 그렇게 했어요. 내가 못 하게 말렸죠.

마야는 아이를 침대에 눕혔다. 거울처럼 반들거리는 옷장 문 앞에 커다란 더블베드가 있고 이불과 베개가 여러 개 쌓여 있는 침실이었다. 알리스는 식탁 앞에 앉아 귀를 기울였다.

토끼가 어디 있지?

토끼가 어디 있지?

저기 있네, 저기.

아이의 웃음소리가 지쳐 훌쩍거리는 울음으로 변

했다. 마야는 허밍으로 노래를 불렀다. 앞부분이 잘린 자장가였다. 내일 아침, 하느님이 원하신다면, 너는 다시 깨어날 거야.* 그럼 잘 자. 어서 자. 그러고는 조용해졌다. 알리스는 회향차를 마시고 찻잔을 소리 없이 받침 위에 올려놓았다. 명상을 하는 것 같았다. 조금 후에 마야가 침실에서 나와 등 뒤로 살며시 문을 닫았다. 마야는 식탁 맞은편에 앉아 자기도 차를 한 모금 마시고 나서, 테라스 문 너머로 어두운 정원을 내다보는 알리스를 바라보았다. 테라스 문 유리에 모습이 비쳤다.

미햐가 뭔가 말을 했어요? 마야가 물었다.

아뇨, 잤어요. 내내. 알리스가 대답했다. 전혀 움직이지 않았어요. 가끔 힘겹게 한숨을 쉬었어요. 그게 전부예요.

마야는 고개를 끄덕였다. 그리고 말했다. 자, 그럼 이제 출발할게요. 머리를 좀 빗어야겠어요.

알리스는 아무 말도 하지 않았다. 마야는 욕실에 들어가 세수를 하고 머리를 빗은 다음 스웨터로 갈아입었다. 초록색 줄무늬가 있는 부드러운 회색 울 스웨터였다. 환자를 보러 가는 게 아니라 들뜬 외출을 나서

---

* 브람스 자장가.

                                              미햐

는 것처럼 보였다.

예쁘네요. 알리스가 말했다.

마야는 예뻤다. 하지만 눈 밑에 다크서클이 뚜렷했고 마르고 창백한 데다 지쳐 보였다. 머리카락은 꼼꼼히 빗어 뒤로 넘겨 올렸다. 약동하는 어두운 빛이 마야 주위를 에워싸고 있었다. 두 사람은 다시 한번 침실로 들어가 함께 아이를 들여다보았다. 아이는 아기 양들이 그려진 침낭 안에서 깊이 잠들어 있었다. 천장을 향해 누워서 양팔을 벌리고 자고 있었다. 왼손으로 토끼 인형의 한쪽 귀를 꼭 쥔 채였다.

아이가 깨서 계속 울면 나한테 전화해요. 마야가 말했다. 별일 없으면 자정쯤 돌아올게요.

그래요. 기다릴게요. 올 때까지 안 잘 거예요. 알리스가 대답했다.

알리스는 마야를 문까지 배웅했다. 그들은 불을 켜지 않고, 까치발로 살금살금 계단을 올라갔다. 주인집 문은 조금 열린 채 고정되어 있었다. 열린 틈으로 텔레비전 소리가 흘러나왔고 요란한 박수 소리와 남자 진행자의 매끄럽지만 냉소적인 목소리가 들려왔다. 복도는 추웠다. 저녁 식사 빵과 세탁 세제, 낯선 냄새가 풍겨 왔다. 알리스는 한 손을 문 손잡이에 얹었다. 문이 잠겨 있을 거라 생각했다. 그러나 문이 열렸다. 알리스와 마야는 마치 여러 달째 밖에 나가 본 일이 없는 사람들처럼 밤공기를 강렬하게 느꼈다. 복도 불이 켜지고, 주인 여자가 마야 등 뒤에 나타났다. 운동복 차림에 맨발이었다.

이렇게 늦은 시간에 나가려고요?

네. 마야가 대답했다. 병원에 가 보려고요. 남편을 보려요. 온종일 못 가 봤거든요.

주인 여자는 칼에 찔린 듯한 표정을 지었다. 갑자기 통증이 찾아온 듯했다. 마야의 남편이라는 존재를 주인 여자는 완전히 잊고 있었던 것이다.

그럼 차로 태워다 줄게요.

감사합니다. 하지만 그러실 필요 없어요. 마야는 예의 바르게 웃어 보였다.

아니에요, 이리 와요. 태워다 줄게요. 이런 밤길에 걸어서 가는 건 좀 그렇죠.

주인 여자는 말릴 새도 없이 자기 집 안으로 사라졌다. 마치 텔레비전의 푸른 불빛에 빨려 들어가는 것 같았다. 여자는 남자에게 뭐라고 말했고, 남자는 뭔가 대꾸했다. 텔레비전 쇼의 요란한 소리 때문에 아무 말도 들리지 않았다. 마야는 난감하다는 듯 눈을 굴렸다. 알리스는 무슨 말을 해야 좋을지 알 수 없었다. 여자가 돌아왔다. 이제 신발을 갖춰 신고 두둑한 털실 재킷을 입고 있었다. 재킷을 넓은 엉덩이 위로 끌어 내리며 주인 여자는 자동차 열쇠를 들어 보였다.

갑시다. 어서 이쪽으로 와요.

금방 올게요. 마야는 이렇게 말하며 알리스의 팔을 가볍게 쓰다듬었다. 그러고는 주인 여자를 따라 정원으로 사라졌다.

알리스는 대문을 잠갔다. 어지러웠다. 주인집에서는 아까와 다름없이 동굴 같은 푸른 조명이 흘러나왔고, 텔레비전은 지옥 같은 웃음소리를 토해 냈다. 알리스는 계단을 내려가 지하의 자기 처소로 들어가서 등 뒤로 문을 잠갔다. 나무 틀에 불투명 유리가 끼워진 문이었다. 알리스는 욕실로 들어가 욕조 위에 있는, 거리에 면한 작은 창을 열었다. 자동차 엔진 소리가 들려왔고, 차는 정원 입구를 빠져나가 커버를 그리며 거리 아래로 내달렸다. 차 소리는 점점 작아지다가 사라져 버렸다.

20분. 병원에서 돌아올 때 걸어오면 20분이 걸린다. 차를 타고 가면 5분. 신호 대기 시간. 교차로의 차량들. 몇 마디 주고받기. 주인 여자는 마야를 병원 안까지 데려다 줄지도 모른다. 어째서 자꾸 그러는지 모르겠지만, 워낙 그런 사람이니까. 그러면 5분 후에 돌아온다. 15분. 이 모든 것을 다 계산해도 영원처럼 길게 느껴지는 15분이다. 알리스는 욕실에 서서 귀를 기울였다. 100부터 시작해서 거꾸로 초를 센다. 알리스는 거의 확신하고 있었지만, 그럼에도 주인 남자의 발소리를 들었을 때 놀랐다. 75초째였다. 그는 자기 집에서 나오더니 대문에서 뭔가를 했다. 주인 남자는 계단을 내려왔다. 탁 탁 탁, 발 끄는 소리가 들렸다. 그는 모퉁이를 돌아 복도로 들어섰다. 너무도 훤히 아는 구조라서 불을 켤 필요도 없었다. 알리스는 살금살금 욕실에서 나와 불투명 유리 너머에 있는 그의 뚱뚱하고 무거운 몸을 보았다. 그는 알리스와 마찬가지로 조용히 염탐을 하고 있었다. 마침내 그는 문의 나무 틀 부분을 두드렸다.

알리스는 땋아 내린 머리를 양손으로 잡아당겼다. 그리고 스웨터 소매를 손목 아래로 끌어 내렸다. 문을 열어야 할까 말아야 할까. 문을 열고 말을 해야 할까 문을 닫은 채로 말을 해야 할까. 두려움을 드러내야 할까 숨겨야 할까. 정확히 무엇에 대한 두려움일까? 알리스는 한없이 퍼져 나가는 생각들을 잘라 버리고 열쇠를 돌려 문을 열었다.

무슨 일이세요?

문 앞에는 머리에 흉터가 있고 잿빛 스웨터로 뚱뚱한 배를 가린 그가 서 있었다. 바지는 말할 수 없이 더러웠고, 시큼한 냄새가 코를 찔렀다. 주인 남자는 말했다. 여기서는 문을 잠글 필요가 없어요.

아, 그런가요. 알리스가 대꾸했다. 심장이 빨리 뛰었고 숨 쉬기가 어려웠다. 알리스는 그의 말을 거의 알아들을 수 없었다. 무슨 일이신가요?

그는 이제 미소를 지었다. 대단히 확고하고 오해의 여지가 없는 웃음이었다. 필요한 것들이 다 갖춰져 있는지 살펴보려고 왔습니다. 알리스가 제대로 이해했다면 그가 말한 내용은 그것이었다.

필요한 거 다 있어요?

남자는 알리스를 바라보았다. 그녀의 몸매를, 아래에서 위로, 여전히 웃음을 띤 채 천천히 차분하게 관찰했다. 알리스는 그가 무슨 뜻으로 하는 말인지 알았고, 그도 알리스가 말귀를 알아들었다는 것을 알았다. 아마도 그들 두 사람은 어떤 의미에서는 더 이상 똑같은 것을 생각하지 않을 수도 있지만, 그저 단순한 의미에서는 서로 충분히 이해하고 있었다.

사실 난 나에게 필요한 건 아무것도 가지고 있지 않아. 그 모든 것 중에 아무것도. 알리스는 생각했다.

알리스는 대답했다. 감사합니다. 필요한 건 다 있어요. 저희는 정말 더 필요한 게 없어요. 대단히 감사합니다.

남자는 무거운 걸음걸이로 문 안쪽으로 들어와서는 알리스 너머로 자기가 전에 살던 집을 들여다보았다. 그의 귀에 익숙한 식기세척기 돌아가는 소리가 들려왔다. 알리스와 마야와 아이의 물건이 들어앉은 이 집이 이제는 완전히 다르게 보였을 수도 있다. 알리스의 재킷이 옷걸이에 걸려 있었다. 작고 부드러운 아기 신발 하나가 식탁 아래 바닥에, 그리고 그 옆에 초록색 플라스틱 공이 놓여 있었다. 이 모든 것은 서글픈 느낌을 자아냈다. 예전과는 모든 것이 달랐다.

알리스는 그가 집 안을 둘러보게 두었다. 그녀도 집 안을 둘러보았다. 알리스는 기다리면서, 자기 대답은 어찌되었든 상관없다는 사실을 깨달았다. 그에게는 10분이라는 시간이 있었다. 어쩌면 15분일지도 모른다. 모든 것이 가능했다. 그러나 알리스는 남자를 받아주는 태도를 보이지 않았다. 그것이 그를 망설이게 했고, 서글픔이 어떤 병처럼 그를 물러나게 했다.

알리스는 말했다. 그럼 안녕히 주무세요.

그는 여전히 머뭇거렸다.

알리스는 다시 한번 똑같은 인사를 했다.

그는 물러섰다. 탁 탁 탁. 계단을 다시 올라갔다. 마지막 계단에서 잠시 멈춰 섰다. 어쩌면 그녀가 그를 부를지도 모른다. 알리스는 미햐가 자신에게서 기대한 것이 무엇일까 생각했다. 알 수 없었다. 알리스는 손으로 입을 막고 남자가 위층에 도착하는 소리를 귀 기울여 들었다. 문 닫는 소리와 함께 마침내 텔레비전의 수다가 멈췄다.

마야는 자정 때쯤 돌아왔다. 알리스는 회향차를 한 주전자 더 끓였다. 꿀을 섞어 차를 다 마시고 아이가 먹다 남긴 과자 세 조각을 마저 먹었다. 그리고 주방 서랍을 열어 내용물을 들여다보고 다시 닫았다. 포크와 나이프가 든 서랍 안에는 감기약, 시럽, 포장된 작은 약 숟가락, 아이스크림용 스푼, 플라스틱 숟가락들이 짤랑거렸다. 저장강박증 환자네. 알리스의 입에서 자기도 모르게 그런 말이 튀어나왔다. 직접 제목을 써 붙여 놓은 비디오테이프 중에는 수상쩍은 것들이 있었다.

붙박이장 안에는 공작용 도구, 가위, 다 쓴 풀들이 있었고, 알리스는 갈수록 기분이 나빠져서 이 집을 살펴보는 일을 중단할 수밖에 없었다.

알리스는 식기세척기에서 접시와 찻잔을 꺼내 가스레인지 위 벽장에 집어넣었다. 다른 사람들의 삶을 어쩔 수 없이 흉내 내는 것 같았다. 텔레비전을 보지 않으려 했지만 결국 틀고 말았다. 알리스는 식탁 앞에 앉은 채 잠이 들었다. 팔로 머리를 받치고 주위 사물의 우연한 질서 속에서 편안하게 잠이 들었다. 공갈 젖꼭지, 차 봉지들, 크레용, 모서리를 부드럽게 가공한 마분지로 된 그림책. 알리스는 베고 자던 팔이 마비된 느낌에 깜짝 놀랐다. 하지만 아이는 여전히 깊은 잠에 빠져 있었고, 왼손으로는 토끼 귀를 단단히 움켜잡고 있었다. 그리고 문 앞에 어른거리는 육중한 그림자도 없었다. 알리스는 침실로 들어가 접이식 침대를 펴고 자리를 깔았다. 푸른색 침대였다. 베개 옆에 잠옷이 있었다. 블라인드를 내리고 테라스 문을 열었다. 밖에서 가벼운 바람이 불었다. 사물의 견고함, 그것의 뚜렷한 이름. 아이는 그 모든 것을 배우게 될 것이다. 나무, 의자, 뜰, 하늘, 달, 그리고 병원. 투명한 창문, 불투명한 창문. 그 뒤로 작은 형상들이 있었다. 마야, 미햐, 어떤 수녀.

  미햐

23:45.

야간 근무.

마야는 소리 없이 돌아왔다. 계단을 내려오는 발소리나 복도를 걸어오는 소리도 들을 수 없었다. 불투명 유리문을 두드리는 소리가 들렸을 뿐이다. 알리스가 문을 잠근 것을 보고 마야는 놀랐다. 별일 없었어요? 네. 아무 일 없었어요. 아주 편하게 잘 잤어요. 알리스가 대답했다.

마야는 잠시 아이를 들여다보았다. 잠시였지만 책임감 가득한 태도였다. 언제나 마야는 생각하고 행동해야 하는 바로 그만큼의 힘을 지니고 있는 것처럼 보였다. 모자라지도 넘치지도 않고 정확하고 적합한 힘. 알리스는 식탁 앞에 앉아 등을 곧게 세우고 기다렸다. 양손으로 무릎에 깍지를 꼈다.

맥주 한잔 마실래요? 마야가 물었다.

좋죠.

알리스는 서랍 속 플라스틱 숟가락들 사이에서 병따개를 한참 찾았다. 마침내 바트 츠비셴안의 음식점 로고가 새겨진 병따개 하나를 찾아냈다. 냉장고에서 얼음처럼 찬 맥주 두 병을 꺼냈다. 두 사람은 잔을 부딪치면서 아무 말도 하지 않았다. 맥주 거품이 보글

거리며 올라왔고 시원했다. 알리스의 머릿속에서 뭔가가 천천히 보이다가 아래로 가라앉으며 사라졌다. 술을 마시면 속이 팽창하나? 알리스는 그런 글을 읽은 적이 있었는데, 아마도 맞는 것 같았다.

병원에서는 괜찮았어요. 마야가 말했다. 아주 조용했죠. 난 미햐 옆에 누웠어요. 정말 오랜만에 그렇게 함께 누울 수 있었죠. 미햐는 아주 고르게 숨을 쉬었어요. 통증을 전혀 느끼지 않는 것 같았어요. 내일 낮에 병원에 가면 의사하고 얘기를 할 수 있을 거예요. 미햐 옆에서 나도 잠깐 잠이 들었던 것 같아요. 우리는 함께 잤어요.

두 사람이, 그러니까, 서로를 언제 알았나요? 알리스가 무심히 물었다.

몰랐어요? 마야가 되물었다. 깜짝 놀라면서, 하지만 상냥하게.

그래요. 알리스가 대꾸했다. 알리스는 그들이 언제 만났는지 정말 몰랐다. 미햐가 그런 말을 한 적도 없었지만 알리스도 미햐에게 한 번도 묻지 않았다.

미햐가 당신과 함께 여행을 하고 돌아온 바로 그 날이었어요.

정말이에요? 알리스가 놀라서 물었다. 그 여행은

벌써 몇 해 전 일이다. 알리스와 미햐가 함께한 단 한 번의 여행이었다. 그리고 그 여행이 끝났을 때 두 사람은 합의하에 헤어졌다. 이제 완전히 끝이야. 미햐가 말했다. 그리고 알리스도 확신에 차서 대답했다. 그래, 나도 마찬가지야. 두 사람은 서로에게 만족해 왔고, 싸우지도 않았다. 아마도 그래서 그만둘 수 있었는지도 모른다. 미햐가 먼저 집으로 떠났고, 알리스는 이삼 일 더 머물렀다. 그런데 갑자기 그 기억이 떠올랐다. 기차역에서 미햐를 배웅하고 혼자 집으로 돌아왔을 때 울 수밖에 없었던 기억. 미햐가 죽기라도 한 것처럼… 그때 알리스는 생각했다. 이제 다 끝났어.

마야는 말했다. 여행에서 돌아왔을 때 미햐는 행복했어요. 내가 미햐를 사귀었을 때 말이에요. 건강해 보였고 상당히 느긋해 보였죠.

바닷바람 덕분이에요. 기분 전환이 되었죠. 알리스가 말했다.

두 사람은 한동안 아무 말도 하지 않았다. 알리스는 망설이다가 말했다. 여행의 마지막 날 저녁에 우리는 지금 당신과 나처럼 이렇게 함께 밥을 먹었어요. 식탁에서 맥주 두 병을 오늘처럼 함께 마셨죠. 하지만 정원은… 그땐 6월이었어요. 기억할 거예요. 2000년 6월요. 한밤중에도 상당히 뜨거웠죠.

알리스는 이런 말들에 묘한 암시가 담겨 있다는 사실을 생각했다. 뜨거웠다, 한밤중에도, 세기가 바뀌는 해의 6월, 함께, 당신과 나. 말들이 얼마나 생생하게 꼬리를 무는지. 하지만 진짜 그랬다, 미햐가 마야를 만나기 하루 전날 밤에는. 누가 상상이나 할 수 있을까.

그다음은요. 마야가 물었다.

거미 한 마리가 맥주병 사이에 그물을 쳤어요. 알리스가 말했다. 두 맥주병 병목 사이에 첫 번째 줄을 걸기 시작했죠. 알리스는 엄지와 검지로 거미의 크기를 보여 주었다. 쌀 한 톨만 한 거미였다. 가느다란 거미줄이 마치 심연 위에 걸린 다리처럼 두 병 사이에 걸려 있었다. 미햐와 알리스는 어깨를 마주 대고 나란히 앉아 있었다. 그들은 한동안 작은 거미가 차분하게, 완전히 몰입해 줄을 치고 있는 모습을 바라보았다.

딱하더군요. 거미의 작품을 망가뜨려야 하는 것이 미안했어요. 알리스가 말했다.

미햐가 그걸 망가뜨렸군요. 마야가 말했다.

그래요, 제대로 맞혔어요. 알리스가 말했다. 알리스와 마야는 낮은 소리로 각자 웃었다.

자, 이제 자러 가요. 벌써 1시 반이 다 되어 가네

요. 내일은 일찍 일어나야 하잖아요. 오전에 미햐한테 갈래요? 마야가 물었다.

좋아요. 오전에 미햐한테 가 보고 싶어요. 알리스가 대답했다.

두 사람은 함께 이를 닦았다. 금빛 조개와 은빛 조개로 가장자리를 장식한 거울 앞, 세면대 앞에 깐 파란 테리 천 양탄자 위에 나란히 서서. 두 사람은 거울 속에 비친 서로 다른 얼굴을 바라보았다.

우리가 이러고 있는 걸 미햐가 보면 좋아할 텐데. 굉장히 기뻐할 거야. 그럴 줄 알았어 하겠지. 그는 알 거야. 미햐는 알고 있을 게 분명해. 알리스는 생각했다.

안녕. 잘 자요, 마야.

그래요. 잘 자요, 알리스.

알리스는 잠긴 방문을 두드리는 소리에 깨어났다. 마야는 알리스의 이름을 부르고 있었다. 아마 한동안 그렇게 문을 두드린 모양이었다. 지쳐 곯아떨어졌던 알리스는 깊은 잠에서 제대로 깨어나기 힘들었다. 나중에는 왜 마야가 그냥 문을 열고 들어오지 않았을까 생각했다. 그러다가 제대로 깨어났다. 잠시 알리스는 먼 여행을 떠나느라고 한밤중에 아이를 깨웠을 때의 상황을 기억해 냈다. 아이는 잔뜩 놀라고 흥분해 있었다. 알리스는 일어났다는 신호로 바닥을 두드리며 외쳤다. 나 일어났어요. 그러자 마야가 아이를 팔에 안은 채 문을 열었다. 거실 탁자 위 램프가 환하게 켜져 있었고, 그 빛 때문에 마야의 실루엣이 오려 놓은 듯 선명했다. 미햐가 죽었어요. 마야가 말했다.

몇 시예요. 알리스가 물었다.

4시예요. 마야가 대답했다. 병원에서 방금 전화가 왔어요. 미햐는 두 시간 전에 죽었대요. 병원 사람들은 우리를 좀 더 자게 해 주려고 늦게 전화한 거예요.

잠깐만요. 잠깐만 기다려요. 일어날게요. 알리스가 말했다. 알리스는 잠옷 위에 터틀넥 스웨터를 입고 맨발로 주방에 나왔다. 아이는 엄지손가락을 입에 물고 식탁에 앉아 있었다. 침낭을 벗고, 어깨에 똑딱단추가 달린 작은 파란색 셔츠를 입고 있었다. 프티 바토*로군. 알리스는 두 눈을 비볐다. 마야는 방 한복판에 그냥 서 있었다. 우주 비행사들이네. 알리스는 생각했다.

* 프랑스의 아동복 브랜드. 프랑스어로 '작은 배'라는 뜻.

우리는 무중력 상태의 우주 비행사들 같아. 어디도 붙
잡을 데가 없어.

병원에서 우리가 미햐를 다시 한번 볼 건지 알고
싶어 해요. 마야가 말했다. 만일 그렇다면 우리를 기다
리겠대요. 마야는 거기에 대해 완전히 겁을 먹은 것처
럼 보였다.

그건 좀 생각해 봐야겠네요. 알리스가 말했다. 알
리스의 말은 일종의 질문처럼 들렸다. 알리스는 아이
옆에 앉아 식탁에 팔꿈치로 턱을 괴었다. 잠깐만요. 생
각을 좀 해 봐야겠어요.

죽은 사람 본 적 있어요?

아뇨. 본 적 없어요.

마야는 병원에 전화를 걸어 가겠다고 말했다. 좀
더 기다려 주실 수 있다면 그렇게 해 주세요. 시간이 조
금 걸리겠어요. 아이가 있고 병원까지 거리도 생각해
야 하니까요. 괜찮으시면 30분쯤 더 기다려 주세요.

누가 전화 받았어요? 알리스가 물었다.

모르겠어요. 수녀들 중 하나예요. 그 나이 많고 깐
깐한 수녀는 아니고, 젊은 수녀예요. 마야가 말했다.

그럼 가요. 알리스가 말했다.

오후에 알리스는 베를린으로 떠났다.

마야는 더 있으려고 했지만, 알리스는 더 이상 미햐가 누워 있지 않은 병원을 바라보며 그 집에서 하룻밤이라도 더 보냈다간 미쳐 버릴 것만 같았다. 병원은 텅 빈 건물이었다. 아무 소리도 나지 않는 껍데기였다.

조심하지 않으면 우리도 사라져 버릴 거야. 마야와 아이와 나, 우리는 츠바이브뤼켄에서 사라져 버릴 거야. 흔적도 없이. 알리스는 생각했다.

알리스는 철도청에 전화를 걸어 상당히 복잡한 열차 시간표를 불러 달라 한 뒤 그 시각을 일정표에 적어 넣었다. 마야와 아이는 저녁 비행기로 떠나기로 했다. 그들은 함께 집 안을 치웠다. 침대 시트를 벗겨 내고 찻잔을 씻고 짐을 꾸렸다. 그러는 동안 아이는 텔레비전 앞에 앉아 레고 블록을 쌓았다가 무너뜨렸다가 쌓았다가 무너뜨렸다가 하는 일을 끝도 없이 했다.

우리는 조금 더 자야 해요. 마야는 이렇게 말하고 아이를 데리고 침대로 가서 울음을 터뜨렸다. 알리스는 살며시 문을 닫았다. 그리고 식탁에 앉아 차갑고 쓴 블랙커피를 세 잔 연속해 마셨다. 경사진 언덕 위 정원에서 주인 남자가 싸구려 목재를 톱질하고 있었다. 그

    미햐

는 테라스 쪽을 올려다보지 않았다. 알리스에게 단 한 번의 눈길도 주지 않았고 말 한마디 건네지 않았다. 할 말은 다 했으니까. 하지만 주인 남자는 알리스와 마야가 숙박비를 지불하고 집기들 상태를 설명할 때 마야를 포옹했다. 그리고 이 포옹은 마야에게 아무런 영향을 미치지 않았다. 마야는 아무런 손상도 입지 않았다. 알리스는 놀라움으로 그 모습을 지켜보았다. 마야는 과부가 되었고, 아무런 보호도 받지 못하는 신산한 존재였다. 마야는 필요한 것을 다 가지고 있는지 질문을 받을 일도 없었고, 그런 질문을 받았다 해도 분명히 알리스와는 다른 대답을 했을 것이다. 주인 여자는 받은 돈을 손뜨개 재킷 주머니에 넣었는데, 돈을 셀 필요가 없다는 듯한 태도였다. 그런 다음 비탄을 표현하려는 듯 양손을 하늘로 쳐들었다. 알리스는 욕실로 들어가 그 상황이 끝날 때까지 기다렸다.

차로 공항까지 데려다 줄게요. 주인 여자가 마야에게 말했다. 당연히 오늘 저녁에 내가 공항까지 태워다 줄게요. 그리고 알리스는 누가 묻지도 않았지만 자신은 역까지 택시를 타고 가겠다고 말했다.

마야와 아이는 두 시간을 더 잤다. 깨어난 뒤에도

둘 다 정신이 멍한 듯했다. 주방 바닥에서 아이의 맨발이 알리스가 견디기 어려운 소리를 냈다. 이제 가야겠어요. 알리스가 말했다. 당장 재킷을 입고 싶었지만 참았다.

그래요. 마야가 말했다. 좋아요. 난 아직 여기서 할 일이 있으니까. 일을 마치면 우리도 곧장 공항으로 갈 거예요. 미햐의 여행 가방을 가지고 가 줄 수 있어요? 내가 베를린으로 찾으러 갈게요.

가방은 작았다. 바퀴가 달렸고 가벼웠다. 마야는 병원에서 미햐의 물건들을 정리했다. 방을 비워야 하는 정오가 되자 반짝이는 리놀륨 바닥에, 시트를 새로 입힌 침대의 비닐 커버 위에 햇빛이 떨어졌다. 알리스와 마야는 간호사에게서 쓰레기봉투를 하나 얻었다. 알리스는 봉투를 잡고 마야는 미햐의 물건들을 하나하나 보여 주었다. 알약들. 암 치료를 위한 대체 의학 자료들. 새 양말들. 잠옷 한 벌. 실내화. 모두 쓰레기봉투 속으로 들어갔다. 비행기를 타고 츠바이브뤼켄으로 왔을 때 미햐가 입었던 옷들은 가방 속으로 들어갔다. 마야와 아이의 사진도 가방 속으로. 빈 면이 많은 공책 한 권도 가방 속으로. 마야와 알리스는 쓰레기봉투를 간호사에게 가져다주었다. 아이는 어떤 수녀의 무릎에

　　　　　　　　　　　미햐

앉아 새로운 낱말들을 계속해서 자랑스럽게 발음했다. 무슨 소린지 알 수 없는 말들이지만 이렇게 들렸다. 아. 바. 카. 다브라.

아브라카다브라. 진짜 그 단어였다.

미햐의 가방은 내가 가져갈게요. 알리스가 말했다. 고마워요. 기꺼이 내가 가져갈게요. 알리스가 원래 하려던 말은 이것이었다.

택시 기사가 정원 길을 따라 들어왔다. 깨진 돌판을 건너 꽃밭과 점토로 만든 개구리를 지나 다가왔다. 택시는 선팅을 한 검은색 리무진이었는데 택시 회사 이름은 어디에도 쓰여 있지 않았다.

그래도 택시 맞죠, 아닌가. 알리스는 못 미더워하며 물었다. 모든 것이 무너져 버리고 나니 모든 일이 가능했다. 택시 기사는 질문에 아무 대답도 해 주지 않았다. 그는 알리스에게서 가방들을 받아 들어 모두 차 트렁크에 싣고 운전석에 앉아 기다렸다.

베를린에서 다시 봐요. 알리스가 말했다.

그래요. 마야가 대답했다. 마야는 아이를 팔에 안고 열린 문 안쪽에 서 있었다. 짚으로 만든 마녀가 바람에 흔들려 소리를 냈다. 온실에는 철쭉이 피어 있었다. 오후의 햇살. 작별 인사.

알리스는 몸을 돌려 정원을 빠져나가 택시 쪽으로 걸어갔다. 뒷자리에 탄 알리스는 창문을 내려 손을 흔들었다. 마야도 손을 흔들어 주었다. 마야가 아이에게 뭐라고 말을 하자, 아이도 손을 흔들었다. 택시가 출발했고 마야는 아이를 데리고 집으로 들어가 문을 닫았다.

콘라트

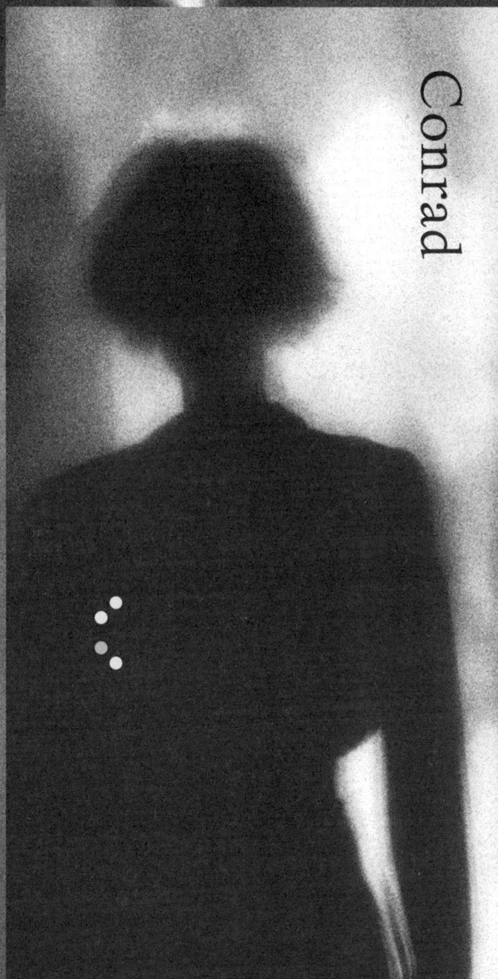

그들은 길 안내 쪽지를 갖고 있었다. 콘라트는 알리스에게 자기 집까지 오는 방법을 적어서 베를린으로 보냈다. 그는 구식으로 우편을 이용했고, 거기에는 주소와 전화번호, 간단한 약도가 들어 있었다. 콘라트와 로테가 사는 집은 벽을 노랗게 칠한 집이라고 했다. 콘라트의 글씨체는 익히 알듯이 작고 손을 떨며 쓴 흔적이 있었다. 글씨체에는 빨리 익숙해져. 글을 쓴 사람보다 글씨체에 훨씬 빨리 친숙해지지. 알리스는 그렇게 생각했다. 약도는 알리스의 무릎에 놓여 있었다. 알리스는 구겨진 꽃무늬 스커트를 입고 운전석 옆에 앉아 있고, 안나는 배낭에 기댄 채 한쪽 팔로 얼굴을 받치고 뒷자리에서 자고 있었다. 루마니아 남자가 차를 몰았다. 이탈리아 국경을 넘어가자 그는 이탈리아어로 말했다. 아까와는 다른 사람처럼 보였다. 휘핑크림을 이탈리아어로 뭐라고 하는지 알아? 알리스는 모른다고 대답했다. 왜 하필 휘핑크림이야? 이해할 수가 없었다.

그럼 반대로 이탈리아어를 독일어로 바꿔 봐. 마키아토는? 라테 마키아토는 독일어로 뭐라고 하지?

몰라. 반대로 해도 모른다니까. 알리스가 대꾸했다.

베플레크테 밀히. 베플레크테 밀히라고 하잖아. 루마니아 남자가 말했다.

그들은 고속도로에서 남南 로베레토 방향을 택했다. 더 가면 리바 방향. 가르냐노 볼리아코까지는 30킬로미터 거리였다. 그 뒤로 언덕길을 올라갔고, 꼭대기에 도달하자 탁 트인 호수가 보였다. 정말 시원해 보였다. 짙푸른 색이었다. 흰 돛배가 수없이 많이 떠 있고, 뗏목도 한 대 보였다. 더위는 점점 심해졌지만 물을 바라보기만 하면 금방 시원해졌다. 물이 얼음같이 차. 산속에 있는 호수니까. 루마니아 남자가 말했다. 그는 전에 여기 와 본 적이 있다고 했다. 프로스타* 같은 거란 말이지? 알리스가 조금 신경질적으로 물었다. 대충 비슷하지. 루마니아 남자는 이렇게 말하며 혼자 웃었다. 이탈리아 국경을 넘으면서부터 그는 핸들을 느슨하게 잡았다. 왼손으로만 핸들을 잡은 채 이제 터널로 진입했다. 터널의 어둠 속에서 알리스는 한참 숨을 참고 있

---

* 독일 냉동식품 브랜드.

   콘라트

다가 문득 선글라스를 벗어야 한다는 사실을 깨달았다. 뒷자리에 앉아 있던 안나가 잠에서 깨어났다. 터널을 빠져나오니 오른쪽으로는 사이프러스 나무들이, 왼쪽으로는 호수가 보였다. 눈을 쏘는 햇빛과 벨 듯이 날카로운 풍경의 윤곽선들. 그러고는 다음 터널이 나타났다. 시력 상하지 않게 신경 써. 알리스는 이렇게 말하며 안나를 돌아보다가 그녀가 땀을 뻘뻘 흘리고 있음을 알아차렸다. 미치겠어. 차 좀 당장 세워 줘. 토할 것 같아. 안나가 말했다.

그들은 커브를 돌아 차를 세웠다. 안나와 알리스는 돌 담장 옆에 나란히 서서 호수를 내려다보았다. 물안개가 피어 반대편 물가는 거의 보이지 않았다. 야자수들. 레몬 나무들. 음침해 보이는 산들. 온통 산뿐이었다. 그리고 도로와 물. 사실 제대로 된 경치라곤 없었다. 사람이 살 만한 공간이 거의 없는, 탁 트였으면서도 답답한 풍경이었다.

좋아? 안나가 물었다.

글쎄, 꽤 아름다운 것 같은데. 그렇지 않아?

그들 뒤 어딘가에 서 있던 루마니아 남자가 카메라 셔터를 눌렀다. 알리스와 안나는 그 소리를 들을 수 있었다. 파노라마 사진이었다. 호숫가의 안나와 알리스를 담은.

자, 이제부터 잘 보고 운전해. 목적지에 거의 다 온 것 같으니까. 아텐치오네, 카피토?*

오후 5시, 가르냐노 볼리아코와 토스콜라노 마데르노 사잇길이었다. 높은 곳에서 내려다보면 호숫가 도로를 달리는 이 자동차가 얼마나 작아 보일까. 뒷자리에는 안나, 앞에는 루마니아 남자와 알리스가 앉고, 차 트렁크에는 짐이, 바닥에는 물병들과 엎어져 버린 재떨이가 뒹굴었다. 그리고 아이스크림 포장지와 담뱃갑 은박지. 이제 세 사람은 동시에 흥분하기 시작했다. 열린 창문으로 안나는 한 손을 내밀었고 알리스가 외쳤다. 우회전! 이제 오른쪽으로 가야 돼. 저 앞에서 우회전해서 레스토랑 있는 쪽으로, 레스토랑을 지나쳐서, 그래, 거기 맞아. 바로 저기야.

50미터 더 가면 오거리가 나옴. 거기서 철문을 통과해 5번 길. 노란 집. 콘라트는 그렇게 적어 놓았다.

* 이탈리아어로 "집중해, 알았지?"라는 뜻.

　　5번 길은 모랫길이었다. 왼쪽에는 작은 물길과 올리브 들판이 있었고 나무들 사이에는 권태롭게 머리를 치켜드는 염소들이 있었다. 차가 흔들렸다. 위쪽 언덕길 모퉁이에는 낡고 커다란 외양간이 있었는데, 창문이 호수를 향해 높이 나 있고 덧창은 닫혀 있었다. 그 창문 앞쪽 길 끝에 노란 집이 있었다. 이탈리아식 저택이었다. 닫혀 있는 덧창들. 담쟁이덩굴. 발코니가 두 개 있었는데 하나는 산을 향해 다른 하나는 호수를 향해 나 있었다. 테라스, 무화과나무, 용설란, 부겐빌레아. 이곳에서는 정말 찌르레기 소리를 들을 수 있네. 뒷자리에 앉은 안나가 놀라워하며 말했다. 다들 차에서 내려 차 문은 열어 둔 채로 각자 달려갔다.

　　알리스는 모랫길을 되짚어 달려 콘라트와 로테의 집에 다다랐다. 샌들 속에서 모래 조각들이 서걱거렸다. 집 뒤에 있는 검은 산을 올려다보며 알리스는 몸을 구부렸다. 그리고 엄청나게 큰 열대 식물 같은 라벤더 수풀 사이의 넓은 계단을 올라갔다. 몸을 서로 이어 붙인 반딧불이들이 붉게 빛났다. 그들은 갈 길이 바빴다. 나무들 사이로 가벼운 바람이 일었다. 로테는 테라스에 앉아 있었다. 테라스에는 장식용 잿빛 석구石球 하나와 로테가 앉아 있는 의자 말고는 아무것도 없었다.

집 아래쪽에는 문이 세 개 있었는데, 양 끝 문은 닫혀 있고 가운데 문만 조금 열려 있었다. 알리스가 테라스에 들어서자 로테가 일어서서 다가왔다. 두 사람은 조심스럽게 포옹하며 인사를 나눴다. 마치 상대가 살짝만 닿아도 공기 속으로 사라지는 존재이기라도 한 것처럼.

왔구나. 로테가 말했다. 그녀는 미소를 짓고는 곧 미소를 지웠다. 웃지 않으니 눈가의 주름살이 하얗게 보였다. 로테는 일흔 살이었다. 콘라트도 그랬다. 알리스보다 스물다섯 살이나 더 많았다. 오면서 별일 없었지. 오는 길은 즐거웠고. 로테가 말했다. 그녀는 질문을 서술문처럼 말하면서도 대답을 기대했다.

네. 알리스가 대답했다. 아무 문제 없었어요. 좀 힘들긴 했지만 이제 도착했잖아요. 그래서 진짜 좋아요. 로테, 전 여기 와서 정말 기뻐요.

콘라트가 아파. 유감스럽게도 상태가 좋지 않아. 큰 병은 아니야. 열이 조금 있는 정도인데 침대에 누워 있어.

로테는 가운데 문을 가리켰다. 문 저편은 어두웠다. 거기서는 아무 소리도 들려오지 않았다.

침대에 누운 채로 알리스랑 인사하고 싶진 않을

 콘라트

거야. 콘라트는 그러고 싶지 않겠지. 나중에 일행을 보러 올 거야. 로테는 다시 미소를 보였는데, 그 미소는 아이러니와 슬픔 사이의 그 무엇처럼 보였다. 이탈리아의 태양에 갈색으로 그을린 로테는 마 원피스를 입고 있었다. 구김 없는 연보라색 가벼운 직물에 단정하게 주름이 잡힌 원피스였다. 그리고 매끈한 은빛 돌로 만든 목걸이를 걸고 있었다. 충분한 휴식을 취한 듯 단정하고 평온한 모습이었다. 알리스는 지난 열 시간 동안 스쳐 지나온 모든 고속도로 휴게소, 세탁실에서 흘러나오던 라디오 음악, 오줌 냄새와 소독약 냄새, 망가진 화장실 물비누 통, 흠집 난 양철 거울에 비친 자신의 지친 얼굴 등을 떠올렸다. 알리스는 지금 당장 콘라트에게 인사를 하지 않아도 되어 좋았다. 콘라트는 알리스 일행의 도착을 상상할 수 있을 것이다. 그들이 도착한 풍경을 눈앞에 그려 볼 수 있을 것이다.

이리 와. 노란 집을 열어 줄게.

로테는 작은 열쇠 꾸러미를 치켜들었다. 아마 한 손에 계속 들고 있었던 듯했다. 열쇠 꾸러미를 손에 든 채 테라스에 앉아 알리스 일행을 기다렸던 것이다. 그걸 보며 알리스는 자신을 초대한 사람이 콘라트였다는 사실을 떠올렸다. 원래 그의 초대였다. 물론 콘라트는 로테와 상의해서 초대했을 것이다. 하지만 초대 자체는 콘라트의 아이디어였다. 우리 집에 놀러 와. 그리고 누구든 함께 오고 싶은 사람을 데리고 와. 알리스는 안나를 택했다. 안나 없이는 어디도 가고 싶지 않았다. 그리고 루마니아 남자를 골랐다. 언제나 예의 바르고 깔끔하게 처신했기 때문이다. 어쩌면 알리스가 그에게 빠져 있지 않았기 때문에 그를 골랐을 것이다. 알리스가 알기로는 안나도 이 루마니아 남자에게 빠져 있지 않았다. 알리스는 콘라트에게 이 두 사람과 함께 가겠다고 말했고, 콘라트는 받아들였다. 그런데 지금 그가 아프다는 것이다. 열이 있다고 했다. 그렇지 않았더라면 그가 이 노란 집을 알리스 일행에게 열어 주고 집 구경을 시켜 주었을 것이다. 그것이 콘라트에게 대단한 기쁨이었을 것임을 알리스는 알았다. 알리스는 로테를 따라 계단을 내려갔다. 로테는 느리고 규칙적으로 걸었다. 그녀는 가운데 문 쪽을 다시 돌아보지 않았다. 늘어선 돌들 사이로 반딧불이들이 사라져 갔다.

　　노란 집은 3층 건물에 방이 여섯 개였다. 알리스는 지붕 아래 방을 택했다. 콘라트가 로테와 함께 스탈라*를 집으로 개축하기 전에 살았던 방이었다. 방은 사각형이었고 두 벽면에 창문이 하나씩 있었다. 좁은 침대 하나, 옷장 하나가 있고 검은 벌집무늬가 그려진 붉은 양탄자 위 정중앙에 테이블이 놓여 있었다. 그 테이블 위에 호수 건너편 산봉우리가 비치는 것을 알리스는 보았다. 안나는 그 옆방을 잡았다. 넓은 침대 위 천장에는 무화과 나뭇잎이 그려져 있고 두 번째 발코니로 나가는 문이 있는 방이었다. 다른 문은 욕실로 연결되었는데, 거기에는 욕조, 눈부시게 반짝이는 수도꼭지와 푸른 사기 난로가 있고, 두 거울 앞에 세면대가 하나씩 놓여 있었다. 2층으로 내려가는 계단에는 난간 대신 금빛 새끼줄 모양의 끈이 벽에 걸려 있었는데, 이 끈은 알리스의 손 안에서 부드럽게 미끄러졌다. 풀을 먹여 다림질한 침대 시트들이 계단 밑 궤 안에 담겨 있었다. 루마니아 남자는 이 건물에서 가장 작은 방을 골랐다. 창문은 담쟁이덩굴로 그늘지고, 철제 침대 옆에는 섬세하게 상감 세공을 한 윤이 나는 작은 나무 탁자가 놓인 방이었다. 1층에는 주방, 식당, 거실이 있고 벽난로 앞에는 깊숙한 소파가, 책장에는 비 오는 날을 위한 보드 게임이 진열되어 있었다. 모노폴리, 화내지 않

69

기 게임, 체스 등이었다. 벽에는 아이들이 그린 그림이 액자에 걸려 있었다. 로테와 콘라트의 아이들이 그린 그림 세 점, 손자 손녀들이 그린 그림 다섯 점이었다. 전화기 옆에는 방명록이 놓여 있었다. 주방 뒤 넓은 식당에는 냉장고가 있었는데, 그 안에는 콘라트가 전날 사다 놓은 수박이 들어 있었다. 알리스는 방마다 돌아다니며 덧창을 모두 열었다. 그런 다음 발코니로 나가는 문들을 열었다. 커튼에 매달린 고리들이 바람에 서로 부딪치며 부드럽게 달그락거리는 소리를 냈다. 콘라트 방 탁자에 조명을 밝혔다. 그러자 미세한 먼지가 보였다.

안나는 자기 배낭을 풀어 그 안에 든 온갖 것들을 침대 위에 펼쳐 놓았다. 흰 스커트, 원피스, 빨간 장미가 그려진 블라우스. 선크림. 책들. 선글라스 세 개. 캄파리*, 정말 참을 수가 없어. 아래층에서 루마니아 남자가 둘을 향해 외쳤다. 뭐라고? 알리스가 말했다. 알리스는 가슴에 팔짱을 끼고 맨발을 꼰 채로 안나의 방 문 앞에 기대어 서 있었다. 오늘 당장 수영하러 갈까? 안나가 대답했다. 물론. 두말하면 잔소리지.

* 이탈리아산 술.

　주방 한쪽 문은 집 앞으로 나가는 문이고 다른 쪽 문은 식당으로 들어가는 문이었다. 주방에서 식당, 거실, 그리고 흰색 덧문을 통과해 테라스로 나가는 데 열일곱 걸음이었다. 테라스는 일곱 번째 방이나 마찬가지였다. 돌로 된 난간이 있고, 그 위에 쿠션이 놓여 있었다. 알리스는 집 앞으로 난 주방 문 옆 벤치에 앉았다. 담벼락에 붙어 있는 도마뱀들이 담쟁이덩굴 속에서 은밀하게 살랑거렸다. 바람 한 점 불지 않았다. 아무런 움직임도 없었다. 알리스는 잠시 그렇게 앉아 있었다. 그러다가 일어나서 주방으로 들어가 소리 없이 루마니아 남자의 방 앞을 지나 열일곱 걸음을 걸어 다시 테라스로 나갔다. 그곳 돌 난간 붉은 쿠션 위에 안나가 기둥에 기대어 앉아 있었다. 왼손에 잔을 들고 무릎을 세운 채 한쪽으로 고개를 기울이고 있었는데, 감지 않아 달라붙은 머리를 땋아 내린 모습이었다. 안나는 부러진 왼쪽 앞니를 드러내며 웃어 보였다. 안나를 보니 마음이 놓였다.

　너를 보고 있으니 얼마나 마음이 놓이는지 몰라. 너는 모를 거야. 정말 모를 거야. 알리스가 말했다.

　내가 안다면. 안나가 대꾸했다.

그래도 달라지는 건 아무것도 없지. 알리스가 말했다.

해가 지자 그들은 모랫길을 걸어 내려가 염소들 앞을 지나쳐 커다란 철문을 통과해 호숫가 아래 있는 레스토랑까지 내려갔다. 누오보 폰테. 거기서 저녁을 먹으면 돼. 와인 한잔 마시고, 장 보러 가는 건 내일 해. 로테가 말했다. 알리스가 안나와 루마니아 남자를 로테에게 소개했지만 로테는 무심하게 스치는 눈길로 그들을 볼 뿐이었다. 로테는 콘라트가 함께 어울릴 수 없는 것에 대해 대신 사과했고, 다 함께 하는 식사를 내일로 미뤘다. 루마니아 남자는 로테에게 상냥하고 친절하게 대했고, 안나도 마찬가지였다. 다만 안나는 기본적으로 늘 다른 데 정신을 팔고 있었고, 독립적인 자신의 성향을 충분히 숨기지는 못했다. 로테는 별로 중요하지 않다는 듯, 하지만 정확하게 그 점을 포착했다. 포니테일. 부러진 이. 안나가 입은 원피스의 라인. 그리고 알리스를 말해 주는 그 모든 것도 로테는 알아차렸다. 알리스 일행은 모두 자신의 모습을 감추지 못했다.

세 사람은 나란히 서서 걸었다. 루마니아 남자가 가운데, 안나가 왼쪽, 알리스가 오른쪽이었다. 그럼 네가 우리 것까지 주문해. 다 알아서 하라고. 와인, 올리브, 정어리, 빵. 그리고 내일은 미용실에 가서 머리 좀 자르고 와. 알리스가 말했다. 지금 당장 와인을 마시지 못하면 머리가 터져 버릴 것 같은 기분이었다. 루마니아 남자는 모든 것을 했다. 별 어려움 없이. 장난하듯. 슬쩍 비꼬는 듯한 뉘앙스로. 그는 좌석을 골랐다. 레스토랑 앞 자갈 깔린 작은 정원의 레몬 나무 아래, 하얀 식탁보를 깐 원탁이었다. 그는 종업원들에게 인사를 했고, 봉주르, 코메 바, 베네, 그라치에, 베네, 그라치에, 베니시모*라고 대꾸했다. 그는 차림표를 넘기며 와인 생산지, 생산 연도, 포도 품종에 관해 물었다. 알리스는 눈을 감았다. 그리고 레드 와인을 마셨다. 그들은 정어리와 파프리카를 먹고 작은 흰 빵을 올리브 오일에 적셔 먹었다. 루마니아 남자는 어린 시절 여름 휴가에 대해 이야기했다. 호숫가 동편과 다른 편 호숫가의 풍경, 캠핑장에 캠핑카를 세워 놓고 그 앞에 텐트를 치고 플라스틱 의자에 앉아 보낸 몇 주, 매일 아침 일어나면 바로 호수로 달려가 멀리멀리 헤엄쳐 갔던 일들, 천

---

* 이탈리아어로 "안녕하세요, 잘 지내요, 좋아요, 감사합니다, 좋아요, 감사합니다, 정말 좋아요."라는 뜻.

73

둥 번개, 천둥 번개가 칠 때의 분위기. 캠핑카 벽에 생긴 시커먼 곰팡이, 향기로운 꽃들, 고무장화, 우비. 사탕 대신 인스턴트 차 알갱이를 혀가 부풀어 오를 때까지 녹여 먹은 얘기. 선 오일. 물에 떠다니는 수초. 안개. 한번은 케이블카를 타고 산을 올라갔더니, 산 위에 정말로 눈이 쌓여 있고 달빛 풍경이 펼쳐져 있더라는 얘기. 잿빛 자갈돌이 깔려 있고 공기는 청량했다. 케이블카를 타고 다시 확연히 더운 아래로 내려왔다. 저녁에는 습기를 머금어 부푼 카드로 카나스타*를 했다. 로메와 브리지도 했다. 눅눅한 침낭들. 캠핑 램프 주위를 날아다니는 모기들과 휘발유 냄새, 그을음을 내며 타는 심지.

그때가 어땠는지 지금도 생각이 나. 다 지나간 일이지만 그 시절이 어땠는지 정확하게 기억이 난다고. 루마니아 남자가 말했다. 이 사람은 이탈리아에서 행복했구나. 알리스는 생각했다. 이해할 수는 없지만, 어쨌든 그가 그때 행복했다는 것만은 분명하게 알 수 있었다. 그는 들떠 있었다. 귀는 활짝 열렸고 얼굴은 빛이 났다. 그러니까 라이프스타일이라는 거지. 안나가 어

*   두 벌의 카드로 두 팀이 하는 카드 게임.

 콘라트

깨를 으쓱해 보이며 말했다. 그런 다음 안나는 와인 잔을 들며 건배 하고 말했다. 저길 봐, 로테 아줌마다. 안나는 가로등의 오렌지색 불빛을 받으며 로테가 차에서 내리고 있는 거리 쪽을 가리켰다.

알리스는 의자를 뒤로 밀며 일어섰다. 하지만 로테가 다가올 때까지 테이블 옆에 그대로 서 있었다. 발밑에서 자갈이 밟히는 소리와 다른 테이블에서 식사하는 손님들의 목소리가 뒤섞인 가운데, 로테가 이들의 테이블을 향해 다가오고 있는 고요한 장면이 클로즈업되었다. 로테는 왼손을 저으며 만류하는 몸짓을 보였다. 그냥 앉아 있어. 별일 아니니까. 콘라트 상태가 더 나빠졌어. 우리는 지금 병원으로 가야 해. 병원에서야 별일 아니라고 하겠지. 어차피 나한테는 그게 더 나아. 열이 펄펄 나. 뭐 먹었어? 아, 정어리구나. 누오보 폰테는 정어리가 일품이지. 다음번에는 그릴에 구운 오징어를 꼭 먹어 봐.

콘라트하고 얘기 좀 할 수 있을까요? 알리스가 물었다.

물론이지. 로테가 대답했다.

콘라트는 자동차 조수석에 앉아 있었는데, 등받이를 완전히 뒤로 젖혀서 앉아 있다기보다는 누워 있다는 게 맞았다. 말끔하게 다림질한 세련된 밝은색 셔츠를 입은 그는 알리스의 걱정스러운 얼굴을 보고 놀리기라도 하듯 미소를 지었다. 알리스는 차 문을 열고 콘라트와 손을 맞잡았다. 그는 양손으로 알리스의 손을 잡았는데, 그의 손은 건조하고 뜨거웠다. 알리스, 우리가 이렇게 다시 만날 줄은 정말 몰랐지, 안 그래? 하지만 상황이 이렇게 되어 버렸네. 내일이면 나아질 거야. 이상하게도 이런 일이 생겼어. 너희들이 온다고 해서 내가 너무 흥분했나 봐. 콘라트가 말했다.

알리스는 아무 말도 하지 않았다. 그대로 손만 잡고 있었다. 콘라트는 알리스 등 뒤로 루마니아 남자와 안나가 앉아 있는 테이블 쪽에 눈길을 주었다. 그러니까 저기 앉아 있는 쟤들이 친구들이란 말이지. 그렇게 말하며 콘라트는 미간을 살짝 찌푸리고 눈을 가늘게 떴다. 갈색 머리 안나와 루마니아 친구로군. 인사는 내일 하도록 하지. 여기는 마음에 들어?

네. 알리스는 진지하게 대답했다. 취기, 지칠 대로 지친 신경, 예민해진 마음 모두 한꺼번에 사라졌다. 우린 다 좋아요, 콘라트. 당신이 빨리 낫기만을 바랄 뿐이에요.

좋아질 거야. 병원에서는 나를 곧장 돌려보낼 텐

데. 로테가 걱정을 하니까 병원에 가는 것뿐이야. 콘라트가 말했다.

로테가 차에 올라 문을 닫고 안전벨트를 맨 다음 시동을 걸었다. 자동차 열쇠에는 커다란 물방울처럼 보이는 투명한 돌이 매달려 있었다. 콘라트는 알리스의 손을 놓았다.

그럼, 조금 있다 봐.

다녀오세요. 알리스가 말했다. 알리스는 몸을 일으킨 뒤 차 문을 최대한 조심스럽게 닫은 다음 차가 거리를 내려가 호숫가 도로로 들어서서 사라질 때까지 그 뒷모습을 바라보고 서 있었다.

로테는 한밤중에 돌아왔다. 새벽 1시 반. 아니 3시였던가? 그들은 정확히 기억할 수 없었다. 세 사람은 누오보 폰테에서 계속 먹고 마셨다. 이 세 사람에게 과연 와인 한 잔이라도 그냥 내려놓을 인내력이 있는지 로테는 확신할 수 없었다. 일종의 의식이었다. 파장 술로 그라파* 한 잔 더, 마지막으로 한 잔 더. 그리고 와인 두 병을 집으로 들고 간다. 살인적인 비용을 지불해

야 했다. 이들은 철제 성문을 지나 모랫길을 되짚어 가서 언덕 위 불 꺼진 집 앞을 지나 불이 환히 밝혀진 노란 집에 다다랐다. 문이 전부 열려 있었다. 그들을 기다리는 것은 싸늘함과 침묵이었다. 어느 자리가 제일 좋았던가? 주방 앞 벤치. 호숫가 쪽으로 난 발코니, 호숫가 반대편에서 흔들리는 불빛들, 루마니아 남자의 캠핑장, 그 어린 시절의 석유램프. 혹은 안나의 발코니, 앞산의 빽빽한 나무들, 밤하늘에 펼쳐진 장대한 어둠의 산. 셋 다 만취 상태였다. 그들은 테라스에 나가 앉았다. 테라스는 최고의 장소였다. 돌 난간이 달린 일곱 번째 방이었으니까. 세 개의 기둥과 사이프러스 나무 한 그루, 날카로운 실루엣, 닫힌 문. 깃털처럼 가벼운.

그들은 와인 병을 열었다. 시간이 좀 걸렸다. 루마니아 남자는 취해서 와인 병따개를 제대로 사용하지 못했다. 조급해진 알리스가 병을 자기 앞으로 끌어당겼다. 세 사람은 병과 잔과 주전자를 가운데 두고 삼각 구도로 앉았다. 찻잔을 재떨이로 썼고, 촛불은 바람에 일렁였다. 아래쪽 초원에서는 통통한 반딧불이들이 날아다녔다. 그들은 이런저런 얘기를 나눴다. 꼭 얘기해야 할 화제는 없었다. 각자 뭔가를 얘기했다. 알리스는 안나와 이야기를 나눴고, 안나는 뭐라고 대꾸를 했

    콘라트

다. 그리고 루마니아 남자는 귀를 기울였다. 그들은 서로에게 다정했고, 완전히 지치고 노곤해져 있었다. 로테는 오래전부터 테라스에서 정원으로 가는 계단 두 칸 위에 서 있었는지도 모른다. 어느 순간부터 로테가 말하는 소리가 들려왔다. 로테는 테라스 난간 모서리에 앉아 있었다. 의사들이 콘라트를 입원시켰다고 로테가 말했다. 의사들이 보기엔 고열이 너무 오래 지속된다는 것이었다. 걱정할 필요는 없대. 여러 가지 기본 검사를 하고, 내일 아침 의사가 제대로 진찰을 할 거래. 로테는 아침 7시쯤 의사들과 이야기를 나눌 수 있을 때 병원에 가고 싶다고 말했다. 그녀는 혹시 그 시간에 자신을 병원으로 태워다 줄 수 있냐고 물었다. 지금 너무 피곤해서 도저히 운전을 할 수 없을 것 같다고 했다.

물론이지. 내가 당신을 병원까지 태워다 줄게. 루마니아 남자가 말했다. 그는 너무나 취해서 혀가 꼬부라져 있었고, 그래서 로테에게 존칭을 사용해야 한다는 사실을 잊었다. 하지만 그건 중요하지 않았다. 오히려 그럼에도 적절하고 확고한 반응을 보인 셈이었다.

좋아요, 미안하군요. 그럼 내일 아침에 봐요. 6시 15분에는 출발해야 해요. 로테가 말했다. 로테가 일어섰을 때 알리스는 그녀의 키가 무척 크다고 생각했다.

몸을 곧추세운 거대하고 꼿꼿한 형상이 거기 있었다. 엄격하지만 사려 깊고 신뢰감을 주는.

좋아요. 내일 6시 15분. 루마니아 남자가 일어서며 말했다.

로테는 떠났다. 왔을 때처럼 소리 없이 사라졌다. 됐어요. 그녀는 언덕 쪽 집까지 데려다 주겠다는 제안을 거절했다. 모랫길을 따라 백 걸음, 그리고 라벤더 수풀을 거쳐 올라가야 하는 그 길 말이다.

몇 시지? 알리스가 말했다. 지금 몇 시야? 완전히 취했잖아? 어떻게 아침 6시 15분에 운전을 하겠다는 거야? 그게 가능해?

그럼 가지 말라는 거야? 루마니아 남자는 냉정하게 말했다.

무슨 소리야. 꼭 가야지. 알리스가 말했다. 갑자기 혼란에 빠져 정신이 번쩍 들었다. 로테가 알아차렸을까? 여기서 어떤 일이 벌어졌는지, 우리가 이렇게 완전히 취해 버렸다는 거 말이야. 알리스가 말했다.

루마니아 남자가 킥킥거렸다.

안나가 말했다. 알아차렸을 거야. 몰랐을 리 없어. 눈에 뻔히 보이는데 뭐. 그래서 어쨌다는 거야? 우리 다 함께 가자. 셋이 함께 차를 타고 가는 거야. 셋 다 각

각 자명종 시계를 맞춰 놓으면 일어날 수 있을 거야. 우린 할 수 있어. 걱정 마, 알리스.

네가 자명종 소리에 일어난다고? 말도 안 돼. 그만 자러 가자. 난 이제 자야겠어. 알리스가 말했다.

알리스는 위층으로 올라갔다. 최대한 집중하려고 애썼다. 모든 감각을 긴장시키며 그녀는 생각했다. 정신 차려. 알리스는 콘라트를 생각했다. 그러면서 계단을 달려 올라갔다. 2층, 3층. 왼쪽 세면대에서 세수를 하고, 안나의 방 거울 위 조명을 켜 놓았다. 그리고 안나의 방을 지나 자기 방으로 들어갔다. 예전에 콘라트가 쓰던 방이었다. 창문을 열고 커튼을 내린 뒤, 머리 위로 잠옷을 입었다. 여행용 자명종을 5시 반에 맞춘 다음 시간이 얼마나 남았는지 계산해 보았다. 침대에 누워 눈을 감았다. 아래층에서 루마니아 남자의 목소리가 들려왔다. 그다음 안나의 목소리. 두 목소리 모두 나직하고 은밀하게 들렸다.

한여름이네. 저것 봐. 페가수스와 안드로메다야. 카시오페아와 케페우스. 거대한 용들은 하늘 주변을 돌면서 절대로 잠드는 법이 없지. 운이 좋으면 우리는 목성도 볼 수 있어. 루마니아 남자가 말했다.

그 노래가 뭐였지? 안나가 물었다.

무슨 노래?

어릴 때 행성들을 외우기 위해 불렀던 노래 있잖아. 그거 몰라? 일요일이면 언제나 아버지가 얘기해 주셨어였나, 뭐 그런 거.

일요일마다 우리 아버지는 나한테 행성 아홉 개를 얘기해 주셨어. 루마니아 남자가 말했다. 그의 목소리는 너무도 차분했고, 안나의 목소리가 더해져 두 사람이 입을 모아 외쳤다. 목성, 토성, 지구, 화성, 금성, 수성, 천왕성, 해왕성, 명왕성.

이제 다 했나? 안나가 말했다.

정하기 나름이지. 루마니아 남자가 말했다.

그거야 언제나 그렇지. 안나가 말했다. 알리스는 지금 안나가 어떤 표정을 짓고 있을지, 어떤 만족스럽고 따뜻한 표정을 그 둥근 얼굴에 떠올리고 있을지 알았다. 내 일곱 번째 집에는 토성이 들어와 있어. 내 말은, 별자리 말야. 일곱 번째 집은 문들의 집이야. 사람들이 나에게 다가오고 떠나는 문들. 별들은 천천히 운행하지만, 옮겨 다니지. 그래서 우리의 삶 전체가 바뀌는 거야. 그러고 싶어 하든 아니든 별들의 움직임에 따라 삶이 달라지게 돼 있어. 이제 토성이 다가와. 토성은 천왕성과 대척점에 있지. 그러면 모든 게, 모든 게 달라질 거야.

안나가 소리 내어 웃었고 루마니아 남자는 웃지 않았다. 알리스는 옆으로 돌아누웠고 그들의 대화를 더 이상 듣지 않았다. 잠시 그대로 있었다. 그러고는 잠이 들었다.

5시 반에 동이 트기 시작했다. 주방에 선 루마니아 남자는 커피가 칙칙 소리를 내며 끓자 불을 껐다. 그는 작은 냄비에 우유를 끓여 나무 주걱으로 휘저었다. 그리고 둥글고 흰 찻잔 두 개에 커피를 부었다. 알리스가 설탕을 넣지 않은 밀크 커피를 마신다는 것을 아는 그는 커피에 우유를 부었다. 끝에 거품이 따라왔다. 그는 과연 잠을 잤을까? 푹 쉬어서 정신이 말짱해진 것처럼 보였다. 남자는 알리스에게 커피를 건네면서 아주 어린 새끼고양이가 야옹거리는 것 같은, 뭐라고 정확히 표현하기 어려운 소리를 냈다. 알리스는 당황스러웠다. 두 사람은 주방 문 앞에 놓인 벤치에 나란히 앉았다. 산 위 하늘이 푸르게 변했다. 로테 집에는 벌써 불이 켜져 있었다. 얼음처럼 차가운 새소리와 라벤더 향기. 루마니아 남자는 뭔가에 귀를 기울이더니 말했다.

눈이 큰 새들이 아침에 더 일찍 노래한다는 거 알아?

아니, 몰랐어. 괴상한 얘기네.

루마니아 남자는 고개를 끄덕였다. 괴상하지, 맞아. 하지만 사실이야. 눈이 커서 빛이 많이 들어올수록 노래를 더 많이 한다는 거야.

알리스는 마시던 커피를 커피 잔에다 뿜어냈다. 그녀는 주위를 둘러보며 말했다. 안나는 뭐 해?

아직 자겠지. 지금 바로 깨우면 되겠네. 젖은 걸레를 씌워서 깨워.

안나가 어디 있는지만 알면 당장 그렇게 할 텐데. 알리스가 좀 언짢은 기색으로 말했다.

내 방에 있어. 루마니아 남자가 말했다.

어떻게 된 거야? 알리스가 물었다.

어떻게 된 건지 나도 알고 싶어. 루마니아 남자가 말했다. 장난을 치고 있는 것처럼 보였다. 안나는 함께 있으면 자명종 소리를 더 잘 들을 수 있을 거라고 생각한 것 같아.

깨워. 난 그럴 기분 아니니까. 알리스가 말했다.

루마니아 남자는 아무 대꾸도 하지 않았다. 그는 다리를 꼰 채 커피를 조금씩 찬찬히 마시면서 아주 차분하게 벤치에 앉아 있었다. 일어서면서 그는 잠깐 가볍게 알리스의 손을 쓰다듬었다.

그들은 로테의 차를 타고 시내로 갔다. 흰색 BMW, 에어컨, 선팅된 창. 루마니아 남자가 운전했고 로테가 그 옆에 앉았다. 안나와 알리스는 둘 다 선글라스를 끼고 뒷자리에 앉아 있었다. 밖으로 풍경이 소리 없이 스쳐 지나갔다. 호숫가, 자갈 해안, 신고전주의 양식의 저택들, 성지의 성당들, 언덕 위 비닐하우스들. 로테와 루마니아 남자는 레몬 재배에 관해 이야기를 나누었다. 13세기. 프란체스코회 수사들. 차르디 데 리무*라고 루마니아 남자가 명랑하면서도 정중하게 말했다. 그러자 로테가 부드러운 손짓으로 언덕 쪽을 가리키며 무척 교양 있고 세련된 목소리로 말했다.

리모네.**

리모나레?***

루마니아 남자도 이 단어에는 확신이 없는 모양이었다. 저기 위쪽, 담장 위로 겨울이면 사람들이 목조틀에 유리를 끼운 울타리를 둘러쳐 놓았지. 레몬 나무

---

*　가르다 호숫가의 유명한 레몬 재배 마을.
**　이탈리아어로 '레몬'이라는 뜻.
***　레몬을 압착해 주스로 만든다는 뜻.

들을 얼지 않게 하려는 이유였어. 이젠 그것들이 다 없어져 버렸어. 그는 이렇게 말하면서 룸미러로 안나와 알리스가 있는 쪽을 쳐다보았다. 알리스는 그의 눈길을 맞받았지만 자신이 쓴 선글라스 때문에 남자가 알아차리지 못했음을 알았다. 알리스는 그가 다시 한번 룸미러로 자기를 봐 주길 기대했고, 울타리를 둘러쳤다는 따위의 이야기는 그만 하고 조금 후에 다시 한번 자기를 봐 주길 바랐다. 침묵의 시선으로. 하지만 그는 그렇게 하지 않았다.

호수에는 보트들이 떠 있었는데, 아마도 붉은색이었던 것 같다. 그리고 집들의 발코니에는 부겐빌레아가 자라고 있었다. 아마도 선홍색이었던 것 같다. 선팅된 창이 모든 빛깔을 삼켜 버렸다. 누구도 콘라트 이야기를 하지 않았다. 로테는 그들에게 잘 잤느냐고 묻지 않았다. 알리스가 그 질문을 받았다면 대답하지 못했을 것이다. 잠을 자지 않았으니까. 알리스는 잠시 정신을 잃었다가 누가 머리통을 내리친 것처럼 다시 정신이 들었다. 안나를 보니 그녀도 마찬가지인 것 같았다. 그래서 알리스는 웃을 수밖에 없었다. 안나는 손을 길게 뻗어 알리스의 웃음을 막는 손짓을 하면서, 이마를 움켜쥐고 머리가 아프다는 시늉을 했다. 상상을 초월

 콘라트

하는 통증이라는 듯이. 우리는 코카콜라를 마셔야 돼. 알리스가 작은 소리로 말했다. 그들은 호숫가 도로를 벗어나 교차로를 지났다. 평범한 신호등이 보였고 갑작스럽게 모든 것이 잿빛으로 보였다. 로테는 아주 침착하게 길을 알려 주었다. 병원 앞에는 대형 주차장이 있었다. 로테가 차 문을 열자 하늘이 하얗게 보였다. 다들 수영하러 가요. 로테가 말했다. 점심때 다시 와서 나를 집에 태워다 주면 좋겠어요. 로테는 경비실 앞 주차장 쪽으로 건너가서 닫힌 철책 앞을 지나 등은 곧게 펴고 고개는 꼿꼿이 쳐든 채 왼쪽 어깨에 노끈으로 엮은 우아한 가방을 메고 사라져 갔다. 가방 안에는 아무런 내용물도 없고 무게감도 없는 것 같았다. 그녀는 소녀처럼 보였다. 단 한 번도 뒤돌아보지 않았다. 루마니아 남자는 차를 돌렸다.

호수는 얼음처럼 차갑고 유리처럼 투명했다. 잠수했을 때 알리스는 숨을 쉴 수가 없었다. 이해할 수 없는, 숨막힐 듯한 기분이 들었다. 모든 것이 달랐다. 모든 것이 완벽했다. 알리스는 물속에서 몸 전체를 쭉 뻗었다. 발가락 끝에서 손가락 끝까지 길게 몸을 뻗은 다음 양팔을 펼쳐 헤엄치기 시작했다. 한참 물속에 있다가 다시 물 위로 올라와 보니 벌써 물가에서 한참 떨어져 있었다. 흔들리는 수면에서 알리스는 몸을 돌려 물가의 나무다리 난간을 바라보았다. 그 뒤로는 붉은 돌담장이 있고, 담장에는 문이 있었다. 그 문 뒤에는 히말라야 삼나무들이, 그 뒤에는 산이 있었다. 나무다리 위에 안나가 아주 작게 보였다. 푸른 비키니 차림의 안나는 커다란 수건을 깔고 앉아 있었다. 그 옆에는 샛노란 선로션 병. 그 좌우에 펼쳐진 황량한 흰 자갈밭.

지금 내 눈앞에 보이는 것을 안나에게 어떻게 말하면 좋을까. 얼마나 아름다운지 그녀에게 어떻게 보여 주고 어떻게 알려 줄 수 있을까. 알리스는 생각했다.

알리스는 한 손을 들어 흔들었다. 그러면서 발로 물을 차고 숨을 내뱉었다. 안나도 마주 손을 흔들며 뭐라고 외쳤지만 알아들을 수는 없었다. 루마니아 남자는 알리스보다 훨씬 더 멀리 헤엄쳐 나가 있었다. 아득히 작아진 그의 머리는 거의 알아볼 수 없었다. 호수에는 짧은 삼각파도가 일었다. 그들을 둘러싼 산이 높은만큼 호수도 깊었다. 알리스는 몸을 돌려 호숫가 쪽으로 헤엄쳤다.

매미와 여치의 차이가 뭔지 알아?

콘라트

그거 넌센스 퀴즈지?

아니, 진지하게 묻는 말이야. 난 그 차이를 모르겠거든. 하지만 분명히 차이가 있을 거야. 예전에 여치가 든 나무 상자가 있었어. 금속으로 만든 여치였는데 상자 뚜껑을 열면 그 여치가 정말 여치 소리를 내는 거야. 빛하고 관계가 있었어. 빛이 금속을 움직이게 했던가? 베트남 시장에서 온 베트남 물건이었어.

아하. 똑바로 누워 있던 안나는 하품을 하며 엎드렸다. 물 위를 바라보며 그녀는 두 눈을 한 손으로 가렸다. 매미는 크고 여치는 작아. 여치는 초록색이고 매미는 회색일걸? 그리고 여치는 아마 암컷만 노래를 부를 거야. 저 맞은편에 있는 산은 이름이 뭐지? 당장 물속으로 다시 들어가야 할 거 같아. 도저히 참을 수가 없어. 여기서는 모든 게 뜨거워. 돌도 뜨겁고 선로션까지도 뜨거워. 담배 좀 피우지 마, 알리스. 참을 수 없어.

몬테발도. 저 산 이름은 몬테발도야. 이탈리아에는 머리메뚜기라는 게 있는데, 그것들은 뇌 속으로 파고 들어가서 사람을 미치게 하고 결국 죽게 하지. 우리는 그런 메뚜기들에 둘러싸여 살고 있어. 히말라야 삼나무와 메뚜기가 도처에 깔려 있지. 물에 또 한 번 들어갈 생각이면 지금 당장 들어가야 해. 당장. 우린 곧 돌아가야 하니까. 이제 금방 정오가 되잖아. 루마니아 남자가 말했다.

안나는 경멸하는 듯한 어조로 그 단어를 되풀이했다. 머리메뚜기. 그녀는 곧 토할 것처럼 얼굴을 찌푸리며 입술을 비쭉 내밀었다. 알리스는 발가락으로 선글라스를 낚아 올려 끼고 루마니아 남자를 쳐다보았다. 좁은 어깨, 엉덩이, 발목, 발, 그의 모든 것을. 그는 선로션을 발라야 하지 않겠냐는 표정을 지으며 안나와 알리스 사이로 선로션 병을 내밀었다. 알리스는 외면했고, 안나는 루마니아 남자의 홀쭉한 등에 선로션을 발라 주었다. 루마니아 남자는 콘라트를 아직 본 적이 없었다. 안나도 콘라트를 아직 몰랐다. 그래서 그들에겐 근심이 전달되지 않았다. 하지만 루마니아 남자는 대단히 배려하는 태도를 보였고, 알리스는 그 점을 고마워했다. 알리스는 자리에서 일어나 수영복 위에 치마를 걸치고 블라우스를 입은 다음 샌들을 왼손에 들고 나무 계단을 내려가, 자갈길을 지나 도로로 향했다. 몸에 기운이 없었다. 돌은 뜨거웠고, 한 걸음 한 걸음이 고통스러웠다.

로테는 병원 엘리베이터 앞 벤치 한가운데 앉아

있었다. 무릎에 가방을 올려놓은 채였다. 파노라마 창문으로 주차장이 내려다보였다. 엘리베이터는 안나와 알리스와 루마니아 남자에게 툭툭 끊어지는 기계음으로 작별을 고했다. 로테는 세 사람에게 미소를 지어 보였지만, 마치 잠든 것처럼 자리에서 일어나지 않고 미동도 하지 않았다. 알리스는 엘리베이터 위 시계를 쳐다보았다. 12시가 조금 넘었다. 점심때쯤 다시 오라는 말이 그 뜻이었을까. 한번 툭 던져 놓은 약속들은 약간의 혼란을 일으키곤 했다. 로테는 결정을 내리는 일에 익숙한 사람이라고 알리스는 느꼈다. 그녀는 아침보다 차분해 보였고, 안정을 찾은 듯했다. 이제 로테는 알리스에게 가볍게 몸을 돌렸다. 안나와 루마니아 남자는 온순하게 한 걸음 뒤로 물러섰다.

콘라트는 상당히 많이 좋아졌단다. 로테가 말했다. 열은 내렸어. 이제 곧 집으로 갈 수 있을 거야. 병원에서는 만일에 대비해서 하룻밤 더 지켜보자고 하네. 감염? 로테는 눈썹을 치켜올리며 그 단어를 곱씹어 보는 듯했다. 생각해 보니 그 단어가 맞는 모양이었다. 병원에서는 전염성 질환이라고 짐작하고 있어. 이곳에서는 가끔 있는 일이지. 기후가 열대에 가깝잖아. 그녀는 건조한 웃음소리를 내고는 자리에서 일어섰다. 콘라트가 지금 네가 보고 싶다는구나. 복도 맨 끝 방이야.

로테는 복도 아래쪽을 가리켰다. 그 복도는 너무 환한 빛으로 가득 차서 도저히 끝까지 걸어갈 수 없을 것처럼 보였다. 수영하러 갔었니?

같이 가시지 않겠어요? 알리스가 로테에게 물었다. 심장이 목까지 차오르며 뛰었다.

아니, 난 오전 내내 그 사람 옆에 있었잖아. 혼자 가 봐. 로테가 말했다.

알리스는 걸어갔다. 루마니아 남자가 등 뒤에서 알리스의 말을 이어받는 소리가 들렸다. 네. 저희는 수영을 했어요. 저 아래 있는 작은 호수에서요. 그곳은 사유지죠? 아주 낭만적이었어요. 작은 다리가 있었죠. 그 다리 뒤에 문이 나 있는 붉은 담장이 있고, 그 뒤로 야생 식물들이 자라는 정원도 있었어요.

콘라트는 침대에 누워 있었다. 침대는 창가에 있었고, 창문 앞에 달린 초록색 블라인드는 반쯤 내려와 있었다. 방 안은 빛이 만든 가로줄로 가득했다. 에어컨은 없었고 천장에 선풍기가 달려 있을 뿐이었다. 내 옆에 앉아. 콘라트가 말했다. 그는 한 손으로 가볍게 침대를 두드렸고 알리스는 침대 모서리에 앉았다. 콘라트는 윗옷을 벗은 채였고 희고 가벼운 환자복 바지가 그의 허리를 감싸고 있었다. 그게 전부였다. 처음으로 그의 벗은 몸을 본 알리스는 그의 몸이 너무나 아름다워서 놀랐다. 흰 가슴 털과 갈색 피부를 지닌 노인의 몸이 얼마나 아름다운지 몰랐다. 팔과 목이 부드럽게 구부러지는 부분은 약간 밝은색이었고, 그는 단단해 보였다. 어느 하나 약해 보이는 곳을 찾아볼 수 없었다. 콘라트가 병이 나지 않았더라면 나는 함께 수영하러 가서 그의 이런 모습을 처음 보았을 거야. 알리스는 생각했다. 어느 쪽이 더 나았을까. 침대에서 보는 편이 더 나은 것도 같았다.

콘라트는 가볍게 숨을 쉬며 알리스를 탐구하듯 당당하게, 시선을 피하지 않고 바라보았다. 콘라트가 말했다. 말도 안 돼. 말도 안 되는 일이야. 너희들이 왔는데 내가 여기 이렇게 누워 있다니. 이제 일어날 때가 곧 올 거야. 내일이면 집에 돌아갈 수 있어. 정말 참을 수가 없어. 너를 물속에서 봐야 하는데. 나와 함께 수영하러 가야 하잖아. 오늘 벌써 수영하러 갔다 왔니?

네. 알리스가 대답했다. 사실을 속이지 않고 부드럽게. 우리는 수영하러 갔어요. 저 아래 빌라에 있는 호숫가로요.

물이 차든?

네. 아주 차가웠어요.

물이 차가웠다는 게 그에게 대단히 중요한 사실인 것처럼 콘라트는 고개를 끄덕였다. 알리스도 그 점을 중요하게 생각했다.

넌 어느 방에서 자니?

콘라트 방에서요. 알리스가 대답했다. 그러면서 안나가 옆방에서 잔다고 덧붙였다. 루마니아 남자는 계단 옆 작은 방에서 잔다고도 말했다. 알리스는 콘라트가 안나를 보면 감동할 거라고 확신했다. 안나의 어두운 면 아래 숨은 가벼움에 콘라트는 분명히 매혹될 것이었다. 콘라트에겐 플라토닉한 성향이 있으니까. 그의 정다운 태도는 현실의 인물이 아니라 소설 속 등장인물을 향한 듯한, 상상해 낸 감정에서 비롯된 것이었다.

너희들은 오늘 살로로 떠나야 해. 그곳 호숫가 산책길에 음료를 마시기 좋은 곳이 있어. 빨간색 음료. 로테가 이름이 뭔지 말해 줄 거야. 이곳에서는 모두가 오후에 그걸 마셔. 얼음과 레몬을 넣어서. 만들어 볼래? 내일이면 난 집으로 갈 거니까.

좋아요. 알리스가 대답했다.

알리스는 더 이상 무슨 말을 해야 좋을지 몰랐다. 그러나 자리에서 일어나고 싶지도 않았다. 알리스는 콘라트가 아직도 열이 나는지 확실히 알 수 없었다. 그의 갈색 피부에서 열기가 올라오는 것처럼 보였지만 그건 그저 방 안의 열기일지도 몰랐다. 한낮의 더위. 열대 기후였다. 콘라트는 한 손을 들어 알리스의 얼굴을 쓰다듬었다. 이제까지 그는 한 번도 그렇게 한 적이 없었다. 그는 손등을 잠시 알리스의 뺨에 댔다가 마치 어린아이에게 하듯 뺨을 살짝 꼬집었다. 그는 생각에 잠겨 말했다. 난 내가 절대로 아플 수 없는 인간이라고 생각했어. 난 그렇게 생각했어.

그는 고개를 젓더니 창문 쪽을 보았다. 초록색 블라인드 사이로 비쳐 드는 빛을 바라보다가 그는 다시 알리스 쪽으로 고개를 돌리고 말했다. 그럼 내일 보자. 운전 조심해.

내일 봐요. 알리스가 대답했다. 그녀는 일어나 침대 가장자리에 서서 어깨를 올렸다가 다시 내렸다. 두 사람은 서로에게 미소를 지었다. 알리스는 병실을 나와 길고 눈부신 복도를 걸어 엘리베이터 앞까지 돌아왔다. 그들은 이제 나란히 앉아 있었다. 로테가 안나와 루마니아 남자 사이에 앉았다. 알리스는 그들 앞에 섰다. 루마니아 남자는 주차장 쪽을 내다보았다. 안나는 로테를 쳐다보았다. 셋 다 침묵을 지켰다.

좋아졌지, 안 그래? 로테가 말했다.

그런 것 같아요. 좋아졌어요. 알리스가 말했다.

자, 그럼 우리 이제 집으로 가자. 로테는 엘리베이터를 가리켰다. 난 아까 이미 콘라트에게 작별 인사를 했어. 그냥 가도 돼.

집으로 돌아가는 길 중간쯤에 그들은 주유소에서 차를 멈췄다. 녹슨 급유기 사이에는 잡초와 쐐기풀이 자라 있었고, 계산소 창문에는 검은 비닐이 붙어 있었다. 주유소 주인은 하품을 하면서 문밖으로 나왔다. 가득 채워요. 로테가 루마니아 남자에게 말했다. 이날 하루 동안 두 사람 사이에는 기묘한 친밀감이 생겨난 것처럼 보였다. 서로에 대한 호감, 침묵의 교감. 말이 필요 없는.

루마니아 남자는 로테가 내민 지폐를 받아 들고, 차에서 내려 모든 일을 느릿느릿 처리했다. 날씨에 맞는 단순한 움직임이었다. 아이스크림 먹을래? 로테가 안나와 알리스에게 물었다. 안나와 알리스도 차에서 내렸고 로테는 차 안에 남았다. 계산소 안에 있는 아이스크림 냉동고에서 손에 잡힐 듯한 냉기가 그물처럼 올라왔다. 코르네토*라고 말하면서 안나는 아이스크림 냉동고 문을 열었다. 아니면 셔벗? 주유소 주인은 굵은 손가락으로 금전 출납기를 톡톡 두드리고 있었다. 계산대에 놓인 금전 출납기는 돈을 밀어 넣고 빼느라 닳아빠져 있었다. 라디오에서는 아랍 음악이 흘러나왔다. 향기로 나무들. 녹슨 급유기 사이로 알리스는 흰색 BMW를 바라보았다. 로테는 선팅한 창문 뒤에서 불분명한 윤곽으로 꼼짝 않고 앉아 있었다. 루마니아 남자는 주유를 끝냈다. 눈이 부신 듯 그는 손 그늘을 만들어 이마에 대고 산을 올려다보았다. 아마도 새가 날아갔던 것 같다. 독수리, 매, 아니면 말똥가리였을까. 어떤 상황에서는 다른 사람이 하늘만 쳐다봐도 질투심을 느끼게 된다. 알리스는 그렇게 생각했다. 알리스는 셔벗을 하나 집어 들고 가게 아이스크림 냉동고 문을 닫았다. 주유소 주인은 계산을 했다. 이거랑 이거, 그리고 이거요. 더 사실 거 있어요?

루마니아 남자는 안으로 들어와 금전 출납기 위에 지폐를 놓고는 몇 마디 수다를 떨었다. 속사포였다.

* 이탈리아의 아이스크림 브랜드.

97

코메 스타이. 몰토 베네. 그라치에. 아리베데르치.* 언제나 그렇듯이 알리스는 아이스바의 나무 막대기를 곧바로 움켜쥐지 않기 위해 끈적거리는 포장지를 나무 막대기 위에다 대강 둘러쌌다. 선갈퀴와 나무딸기, 레몬이 뒤섞인 맛이었다. 이 아이스크림 이름이 뭐지? 루마니아 남자가 물었다. 돌로미티. 알리스는 청력이 시원치 않은 사람에게 말하듯 외쳤다. 안나는 주유소 남자에게 대들듯이 부러진 앞니를 보여 주었다. 그는 언짢았는지 금전 출납기 서랍을 쾅 닫았다. 세 사람이 다시 차에 타자 차 안에 있던 로테가 미소를 지었다. 초조한 기색은 눈곱만큼도 없었다. 아주 차분했다.

그 길의 마지막 구간은 이미 눈에 익었다. 이 마을, 다음 마을, 교회 탑, 비아 데이 콜리, 누오보 폰테 레스토랑. 이미 친숙해져서 닳아 버린 듯했다. 그곳에 그들은 앉아 봤고, 그래서 이미 끝나 버렸고, 마무리가 되었다. 여전히 아름다웠지만 더 이상 낯설지 않았다. 로테도 이제는 어디로 가라고 길을 가르쳐 주지 않았고, 운전 중인 루마니아 남자가 스스로 길을 알아보기를

---

* 이탈리아어로 "안녕하세요. 아주 좋아요. 감사합니다. 안녕히 계세요." 라는 뜻.

기대했다. 루마니아 남자는 부드럽게 커브를 돌며 깜빡이를 켰다. 그들은 누오보 폰테를 지나쳤는데, 레스토랑은 아직 영업 중이었고 모아 놓은 의자들은 차양 아래쪽 테이블에 가지런히 걸쳐져 있었다. 오거리가 나오는 데까지 올라가서 문을 빠져나가 염소들 옆을 지나쳤다. 염소들은 흰색 BMW에 아무런 반응도 보이지 않았다. 로테와 콘라트가 사는 집 앞까지 가면 그 옆에 주차할 수 있는 공간이 있었다. 그곳에는 무성한 협죽도가 활짝 꽃을 피우고 있었다. 루마니아 남자는 협죽도 사이로 차를 몰아 정확한 위치에서 엔진을 껐다. 에어컨에서 나는 소리가 멈추자 차 밖의 소리들이 천천히 하나씩 귀에 들어왔다. 염소 한 마리가 매매거리는 소리. 어떤 새의 날카로운 외침. 위쪽 집에서 전화벨이 울렸다.

나중에 봐. 함께 가 줘서 고마웠어. 로테는 그렇게 말하고는 적당히 속도를 내서 계단을 올라갔다. 닫힌 덧창을 뚫고 전화벨이 계속 울리고 있었다. 그 소리는 알리스 일행이 노란 집으로 올라가는 중에도 계속 들려오다가, 알리스가 주방 창문 앞 긴 화분에서 열쇠를 집어 들었을 때 끊겼다. 안나는 벤치에 앉아 다리를 길게 뻗더니 눈을 감았다. 알리스는 주방으로 들어가 식당을 거쳐 거실을 지나 덧문 앞에 다다른 다음 빗장을 밀어 문을 활짝 열고 테라스로 나섰다. 도마뱀들이 테라스 타일에서 재빨리 사라졌다. 나방 두 마리가 날아올랐다. 루마니아 남자는 알리스 바로 뒤에 서서 한 손을 알리스의 견갑골 사이에 얹었다. 두 사람은 잠시 어정쩡하게 그대로 서 있었다. 그리고 귀를 기울였다. 엔진이 다시 작동하는 소리가 들렸다. 두 사람은 로테가 차를 몰고 모랫길을 따라 염소들 옆을 지나 성문을 빠져나가는 것을 보았다. 그런 다음 차는 시야에서 사라졌다. 안나가 정원에서 테라스 계단 쪽으로 올라왔고, 알리스는 한 걸음 옆으로 물러섰다.

이게 무슨 일이야, 대체 어떻게 된 거지? 안나가 물었다.

알리스는 오후에 콘라트 방으로 돌아왔다. 덧창을 내리고 이불을 덮지 않은 채 좁은 침대에 누웠다. 어둠 속에서 오후 햇살이 동전 하나만 한 크기로 빛났다. 금빛이었다. 그 빛은 탁자 아래를 따라 검은 벌집무늬가 그려진 붉은 양탄자 위로 천천히 옮아갔다. 해시계 같았다. 알리스는 눈을 뜬 채 누워 있었다. 콘라트가 덧창을 닫고 자기 방 침대에 누워 있었을 때, 그때는 30년도 더 전이었으니까 콘라트는 젊고 아이들은 어렸다. 그리고 언덕 위 이 집에는 양과 염소가 가득한 외양간이 있었다. 당시 콘라트의 나이는 지금 알리스 나이와 같았다. 알리스는 그런 생각들을 하고 있었다. 이 빛나는 한 점이 천천히 움직여 가는 것을 알리스는 마치 콘라트의 세월을 바라보듯 지켜보았다. 당시 콘라트는 현재의 알리스처럼 보였다. 이 단순한 사실이 마치 감춰야 할 괴물처럼 느껴졌고, 알리스는 대체 그 실체가 무엇인지 얼른 파악할 수 없었다. 밖에서는 어떤 일이 벌어졌다. 차 한 대가 들어오고 다른 차 한 대는 떠났다. 염소들은 흥분해서 매애 울다가 곧 잠잠해졌다. 안나의 목소리가 테라스에서 들려왔고, 루마니아 남자의 목소리도 들렸다. 창문 앞 담쟁이덩굴을 바람이 흔들었다. 아주 멀리 호수 위에서 경주용 보트에 발동을 거는 엔진 소리가 들려왔다. 루마니아 남자와 안나는 차를 타고 장을 보러 가려는 참이었다. 로테는 언젠가 돌아올 것이다. 무슨 일이 일어난다면 알리스는 그 사실을 듣게 될 것이다. 알리스가 원하든 원치 않든. 언제나 그렇듯이.

알리스는 잠이 들었다. 다시 깨어났을 때 빛의 점은 사라지고 없었다. 알리스는 창문 쪽으로 더듬더듬

걸어가 덧창을 올렸다. 호수 반대편 산은 저녁노을에 물들어 희미하게 빛나고 있었다. 태양은 사라졌지만 밖은 여전히 밝았다.

안나는 무화과 잎사귀들이 그려진 이불을 덮고 침대에 모로 누워 깊은 잠에 빠져 있었다. 알리스는 발끝으로 살금살금 계단을 내려왔다가 주방에서 루마니아 남자와 마주쳤다. 그와 안나가 정말로 장을 보고 온 듯 냉장고는 꽉 찼고, 선반에는 붉은 액체가 담긴 작은 병꾸러미와 그물망에 든 레몬이 놓여 있었다.

이게 뭐야?

아페롤.

사람들이 살로에서 마신다는 그거구나.

냉동실 얼음칸에는 장미색과 푸른색의 얼음 조각들이 들어 있었다. 하트 모양과 조개 모양이었다. 주방 전체가 바질, 올리브, 샐비어 향으로 가득했다.

이 주방에는 필요한 게 다 있어. 이 집 식구들은 뭐 하나 빠뜨린 게 없어. 로테는 정말 철저한 사람이야. 커피 더 마실래? 루마니아 남자가 물었다.

좋아, 기꺼이. 알리스가 대답했다.

눈꺼풀이 부풀어 오른 듯했고, 지친 데다 마비된 듯한 느낌이 들었다. 루마니아 남자 곁을 떠나는 것이

불가능하게 느껴졌다. 알리스는 그에게 꼭 붙어 있고 싶었다. 무조건 그의 곁에 머물러야 했다. 주방에, 이 남자 가까이에. 알리스는 등받이 없는 의자 하나를 주방 문 쪽으로 끌어당겨 거기 앉았다. 반은 주방 안에, 반은 주방 밖에 몸을 걸친 꼴이었다. 그리고 등을 벽에 기댔다. 문지방 위로 개미 떼가 몰려 다녔다. 루마니아 남자는 알리스의 빈손에 커피잔을 건네주었다. 알리스는 정원을 내다보고 저녁 산을 바라보다가 주방으로, 루마니아 남자에게로 눈길을 돌렸다. 그는 붉은색과 흰색 타일 바닥 위에 맨발로 서서 콘라트가 냉장고 안에 넣어 둔 멜론을 꺼내 반으로 자르고, 4분의 1로, 더 작은 조각으로 잘랐다. 멜론 즙이 루마니아 남자의 손목 위로 흘렀다. 그는 노래를 흥얼거렸다. 이오 체르코라 티티나, 티티나, 티티나.* 모랫길 위로 키 작은 노인 하나가 다가왔다. 발을 거의 들지 않고 걷는 것 같았다. 그는 로테와 콘라트 부부가 사는 집을 지나쳐 노란 집 쪽으로, 그들이 있는 쪽으로 걸어오고 있었다.

저기 누가 오는데. 알리스가 말했다.

루마니아 남자는 고개를 끄덕였다. 정원사 같아.

*   이탈리아 대중가요 〈나는 티티나를 찾아요〉 중 한 소절.

아까는 염소들 옆에서 풀을 벴어. 그리고 집에 있는 로테에게 뭔가를 가져다주던데.

알리스는 자리에서 일어섰다. 노인은 느릿느릿 차분하게 다가왔는데, 시선은 바닥을 향하고, 양손은 검은 바지 주머니에 찌른 채였다. 소매 없는 흰 러닝셔츠를 입고 밀짚모자를 쓰고 있었다. 알리스는 눈을 감았다. 다시 눈을 떠 보면 아마 그는 사라지고 없을 것이라 생각했다. 파타 모르가나.* 그는 뭔가 소식을 가져왔을 것이다. 알리스가 눈을 떴을 때 노인은 문가에 거의 다다라 있었다.

루마니아 남자는 멜론을 자르느라 들고 있던 칼을 소리 없이 도마에 올려놓았다. 그는 양 손바닥과 손목을 진 바지에 닦았다. 알리스는 그를 쳐다보다가 고개를 돌려 노인을 바라보았다. 노인은 양손을 바지 주머니에서 꺼낸 후 왼손으로 밀짚모자를 벗어 들었다. 호호백발이었다. 그가 말했다. 루이 에 모르토. 시뇨르 콘라트 에 모르토.**

---

* 전설의 마녀 이름. 허공에 성을 띄워 보이는 식의 마법을 사용하는 이 마녀의 이름은 '신기루'라는 뜻으로도 쓰인다.

** 이탈리아어로 "그분이 돌아가셨습니다. 콘라트 선생님이 돌아가셨습니다."라는 뜻.

　　　　콘라트

뭐라는 거야? 알리스가 물었다. 하지만 그녀는 노인이 무슨 말을 했는지 알아들었다. 말은 알아듣지 못했다 하더라도 그의 손짓은 이해할 수 있었으니까. 노인은 밀짚모자를 팔 아래 낀 채 양손을 들어 올려 그들에게 굳은살이 박인 단단한 손바닥을 내보였다. 텅 빈 흰 손바닥.

알리스는 정원 쪽으로 한 걸음 나섰다. 루마니아 남자도 알리스를 따랐다. 노인은 옆으로 비켜서면서 그들에게 길을 내주었다. 세 사람은 나란히 서 있었다. 노인은 몇 가지 이야기를 했고 루마니아 남자는 고개를 끄덕였다. 시 시, 야 야, 카피토.*** 그는 알아들었다. 노인은 루마니아 남자에게 악수를 청하고, 이어 알리스에게도 손을 내밀었다. 그런 다음 고갯짓으로 올리브 숲, 담장, 집, 협죽도와 오렌지 나무들, 말 없는 날씬한 사이프러스 나무들을 가리켰다.

노인이 말했다. 비타 브루타.****

알리스는 노인이 한 말을 되풀이했다. 루마니아 남자가 노인이 한 말을 풀어 주었다. 끔찍한 삶이래. 그

*** 이탈리아어로 "아아, 네, 그렇군요."라는 뜻.
**** 이탈리아어로 "삶은 끔찍해요."라는 뜻.

가 그렇게 말했어.

다음 날 아침 알리스는 로테의 집으로 올라갔다.

세 개의 문이 모두 같은 공간으로 통했다. 그 공간은 넓고 어둠침침했다. 스페인식 벽 뒤에는 아마도 침대가, 콘라트가 열대 전염병에 감염되어 열에 들뜬 상태로 누워 있던 그 침대가 있을 것 같았다. 그의 심장은 너무 오래, 너무 빨리 뛰었다. 그 침대에 누워 콘라트는 그들이 도착하는 소리를 들었다. 알리스와 그녀의 낯선 친구들. 루마니아 남자와 가무잡잡한 안나. 콘라트가 이 두 사람을 알 기회는 영영 사라져 버렸고, 그건 유감스러운 일이기도 했지만 이젠 전혀 상관없는 일이 되어 버렸다. 열. 알리스의 목소리가 살짝 열려 고정된 문을 통해 들렸다. 로테. 전 여기 와서 정말 기뻐요. 그 다음은 로테의 목소리.

로테는 위층에 있었다. 알리스는 나선형 계단을 돌아 위층으로 올라갔다. 덧창은 활짝 열려 있었고, 유리 미닫이문들은 양쪽으로 열려 있어 모든 것이 밝고 찬란했다. 멀리 호수가 보이는 전망이었다. 로테는 창가 테이블에 앉아 있었다. 테이블에는 독일 신문이 놓여 있었다. 은빛 편지 칼. 달걀이 담긴 그릇, 호박꽃이 담긴 그릇. 로테는 달걀과 호박꽃을 가리키며 말했다.

　　　　　　　　　　　　　콘라트

풀비오가 가져왔어. 우리 정원사지. 봐, 예쁘지. 로테는 창백하고 크고 지쳐 보였다. 그녀는 촛대처럼 꼿꼿이 앉아 한동안 알리스를 살피듯이 훑어보았다. 뭔가를 찾아내야 하는 듯이, 뭔가를 머리에 떠올려야 하는 듯이. 그러다 마침내 그녀에게 뭔가가 떠올랐다. 알리스. 로테는 앉아 있던 의자를 테이블에서 약간 옆으로 밀었고 알리스는 자리에 앉았다. 그렇게 두 사람은 한동안 말없이 나란히 앉아 있었다. 한참 후에 알리스가 말했다. 로테, 저희가 어떻게 하면 좋을지 얘기해 주세요. 떠나는 게 좋을까요, 아니면 여기 있을까요? 어떻게 해야 할지 모르겠어요.

여기 좀 더 있어. 더 있다 가. 같이 있어 주면 나는 좋지. 왜 벌써 가려고 하니. 남자 친구가 정말 친절하더구나. 그 친구가 나를 병원에 데려다 주고 다시 데려와 주면 좋겠어. 여기 있어 줘. 콘라트도 그걸 원했을 거야. 로테가 말했다.

로테는 알리스를 쳐다보지 않고 말을 이었다. 네가 콘라트와 이야기를 나눈 마지막 사람이야. 알지?

네, 알아요. 알리스가 대답했다.

그때 어땠니? 로테가 물었다.

콘라트는 자기가 결코 아플 수 없는 사람이라고

생각했다고 했어요. 알리스가 말했다. 그런 말을 할 수 있어서 다행이었다. 그리고 이제 로테가 소리 내어 웃는다는 사실이 고마웠다. 작은 소리이긴 했지만 그래도 로테는 소리 내어 웃었다.

그런 말을 했단 말이지. 로테는 고개를 설레설레 흔들었다.

그런 말을 했어요. 알리스가 말했다.

콘라트를 병원에 안치했어. 이탈리아에서는 그 점이 좋아. 지금 병원으로 가서 그 옆에 앉아 있을 거야. 영안실에는 다른 시신들도 있어. 거긴 작은 성당이고, 다른 가족들도 있단다. 사실 정말 멋진 일이야. 콘라트는 이틀 동안 거기 있을 수 있어. 아니면 사흘. 같이 가 볼래?

아뇨. 아니에요. 전 못 해요.

그래, 상관없어. 꼭 가야 할 필요는 없으니까.

이리 와. 보여 줄 게 있어. 로테가 말했다.

두 사람은 의자와 석구 장식이 있는 넓은 테라스에 나란히 섰다. 로테는 보관함에서 초록색 고무호스를 꺼내 물을 틀었다. 그리고 부채처럼 활짝 펼쳐져 흔들리는 물줄기를 라벤더 수풀 속으로 향하게 했다. 조금 기다려야 해, 잠깐 기다려. 로테가 말했다. 그러자 곧 라벤더 수풀 속에서 붉은날개딱정벌레 수백 마리가 뛰어올랐다. 도망가는 딱정벌레들의 검붉은 홍수는 끝날 줄 몰랐다. 그것들은 테라스를 가득 채울 만큼 쏟아져 들어왔다가 사방으로 떼 지어 달아났다.

저것 좀 봐, 저것 좀 보라니까. 로테가 말했다.

한밤중, 자정을 훌쩍 넘긴 시간에, 아마도 벌써 여명이 가까운 시간에 루마니아 남자는 노란 집 테라스에서 계단을 올라가 1층 자기 방 앞을 지나쳐 두 번째 방, 그러니까 안나의 방을 거쳐서 알리스의 방으로 들어갔다. 예전 콘라트의 방이기도 했던 알리스의 방. 그는 문을 조용히 닫았다. 알리스가 덧창들을 완전히 닫아 두었기 때문에 방 안은 어두웠다. 루마니아 남자는 어둠 속에서 더듬거리며 길을 찾아 알리스의 침대로 갔다. 좁은 철제 침대였다. 알리스는 그에게 한 손을 내밀었다. 다정한 동작이었다. 그것이 애정 어린 몸짓이라는 것을 알리스 스스로 알고 있었기 때문에 알리스는 가능한 한 뚜렷하게, 자기 자신에게나 루마니아 남자에게나 그 뜻이 명확하게 전달되도록 손을 내밀었다. 알리스의 손은 가늘고 친밀했다. 알리스는 그의 얼굴을 볼 수 없었다. 그는 알리스의 얼굴을 볼 수 없었다. 알리스는 그의 손을 그녀가 할 수 있는 모든 표현을 담아 잡았다. 그리고 그를 자기 쪽으로 끌어당겼다. 다음 일은 격렬하고 공격적이고 향락적이었다.

점심때 그들은 배를 탔다. 안나, 알리스, 루마니아 남자, 이렇게 셋이서. 그들에게 남은 날은 얼마 되지 않았지만 여기서는 누구도 신경 쓰지 않았다. 호수는 짙푸르고, 얼음처럼 차가웠다. 어떤 때는 안개에 덮였다가 조금 후에는 시야가 트였다. 공격적인 백조들, 네 마리, 다섯 마리, 여섯 마리, 일곱 마리 새끼를 데리고 다니는 오리들. 물은 언제나 부드러웠고, 한 시간에 한 번씩 페리가 서쪽에서 동쪽으로 되돌아갔다. 호숫가의 자갈돌은 갈수록 뜨거워졌다. 점심때 안나는 초록색 꽃무늬가 있는 회색 원피스에 코르크 통굽이 달린 샌들을 신고 머리는 아이처럼 양쪽으로 땋아 내렸다. 알리스는 흰 블라우스와 연보라색 스커트를 입었다. 루마니아 남자는 밝은색 셔츠에 너덜너덜한 진을 입었다. 바지 옆 선에는 멜론 즙 흔적이 보였다. 무솔리니 빌라 옆 보트 대여소의 소년은 구름으로 둘러싸인 몬테발도 봉우리를 볼 수 있을 거라고 호언장담하며 백조들에게 사과 껍질을 던졌다. 그는 자기 사과를 다 먹은 뒤에 손님들에게 노를 건네주었다. 보트 대여소 그늘 아래 깃발 하나가 바람이 불지 않는 탓에 맥없이 늘어져 있었고, 보트들끼리 묶어 놓은 사슬이 달그락거리는 소리가 백조들을 쫓아내고 있었다. 루마니아 남자는 확고하게 노를 저어 작은 항구에서 상당히 우아하게 빠져나갔다. 알리스는 소년이 놀라서 눈썹을 높이 치켜올리고는 다시 플라스틱 의자에 털썩 주저앉는 모습을 보았다. 루마니아 남자는 아주 멀리까지 배를 저어 나갔다. 위험할 정도로 멀리 간 것 같았다. 그들에게 경고를 해 줄 만한 사람이 아무도 없었다. 그러나 물살은 분명히 느낄 수 있을 정도로 거세졌고 바람이 불어왔다. 물이 뱃전을 때렸고 그들은 완전히 지쳐 있었다. 안나가 그들이 물가에서 얼마나 멀리 떨어져 왔는지를 불편한 어조로 지적하자, 루마니아 남자는 그에게 어울리지 않는 느긋하고 차분한 태도로 말했다.

수영할 사람?

난 안 해. 알리스가 대답했다.

루마니아 남자는 안나와 알리스에게 등을 돌리고 앉더니 먼저 셔츠를 벗고 바지를 벗었다. 그는 옷을 벗은 채로 보트 끄트머리에 서서 잠시 무릎을 구부렸다.

알리스는 그를 바라보았다. 그의 등, 그의 양팔. 좁은 어깨, 좁은 뒷목. 깨물린 상처. 손톱으로 긁힌 자국. 멍 투성이 몸. 그다음 그는 물에 뛰어들어 사라졌다.

아, 이런 세상에! 안나가 한 손으로 자기 입을 틀어막으며 외쳤다. 정말 놀란 표정이었다. 이럴 수가, 내가 한 거 맞아?

카페 살로의 테라스에서 마신 라테 마키아토의 우유 거품 속에 벌레 한 마리가 빠져 죽어 있었다. 알리스는 그걸 혀로 느꼈다. 너무나 가벼운 다족류의 몸뚱이가 흰 거품 속에 숨어 있었던 것이다. 알리스는 혀를 내밀고 그 벌레를 숟가락 위에 뱉어 버렸다. 토할 것 같은 기분이었다. 뭐 하는 거야? 동정과 혐오를 동시에 드러내며 안나가 알리스 쪽으로 고개를 기울였다. 알리스가 말했다. 거미였으면 비명을 질렀을 거야. 그런데 거미는 아니었어. 뭔가 다른 건데, 귀뚜라미 같기도 하고. 아니면 메뚜기였나? 불쌍하고, 작고 까맣고, 접힌 다리에 반짝이는 배를 가지고 있었어. 일 칼도, 일 템포.* 종업원이 그렇게 말하며 하늘을 가리켰다. 종업

---

* 이탈리아어로 "더위, 날씨."라는 뜻.

　　　　　　　　　　　콘라트

원은 어깨를 으쓱해 보이며 접시와 숟가락과 거품과 죽은 벌레를 치웠다. 그러고 나서 새 커피는 가져다주지도 않았다. 귀뚜라미를 삼킬 뻔했잖아. 귀뚜라미와 머리메뚜기는 다를 거야. 콘라트는 분명히 알 텐데. 하지만 그는 죽었잖아. 루이 에 모르토.** 그는 관에 실려 알프스를 넘어 독일로 갔어. 다른 때도 아닌 7월에 말이야. 알리스는 생각했다.

기분이 이상해. 우리는 콘라트를 본 적도 없잖아. 저 루마니아 친구와 나 말이야. 우리는 그분 얼굴도 못 봤어. 대체 어떤 사람이었어? 콘라트는 어떤 사람이었느냐 말야. 안나가 물었다.

그동안에, 그들이 주유소에 주차해 루마니아 남자가 매인지 독수리인지 말똥가리인지 구별하느라고 하늘을 올려다보는 동안에, 알리스가 아이스크림 냉동고 문을 여는 동안에, 안나가 코르네토를 달라고 말하는 동안에, 주유소 주인이 손가락으로 계산대 금전 출납기를 두드리고, 로테가 선팅한 차창 뒤편에서 산을 배경으로 꼿꼿한 옆모습을 보여 준 동안에, 알리스의 손이

***

** 이탈리아어로 "그는 죽었어."라는 뜻.

슬로모션으로 아이스크림 냉동고 깊은 곳에 있는 마분지 상자에서 셔벗과 나무딸기, 레몬, 선갈퀴를 가득 넣어 만든 아이스크림을 고르고 있을 때, 이 아이스크림 이름이 뭐냐고 루마니아 남자가 물었을 때, 돌로미티라고 알리스가 대답했을 때, 그때 콘라트는 떠났다. 조명이 눈부신 복도 끝, 더위로 찌는 병실에서 그의 심장은 깜빡깜빡하다가 뛰는 것을 멈춰 버렸다. 그냥 그렇게 끝났다. 안녕이라는 인사도 없이. 그들이 돈을 내고, 걷고, 돌 틈에 쐐기풀과 잡초가 나 있고 급유기들이 서 있는 먼지 자욱한 곳에서 나왔을 때. 나는 그런 것들을 생각하지. 언제까지나, 언제까지나. 콘라트가 어떤 사람이었는지 나는 너에게 말할 수 없어. 그걸 나는 너에게 더 이상 말해 줄 수 없어.

알리스는 오후에 여행 가방을 싼 다음, 방명록을 펼쳐들고 콘라트의 책상 앞 의자에 한참을 앉아 있었다. 그러다가 마침내 펜을 집어 들어 어떤 생각을 종이에 옮겨 적었다. 그것 자체가 알리스에게는 고통이었다. 붉은 쿠션, 피가 차가운 도마뱀들, 참을 수 없을 만큼 아름다운 풍경이 보이는 테라스에서 마지막 아페롤을 마셨다. 루마니아 남자는 무심하고 달라진 게 없는 깍듯함을 보였다. 이제 난 당신과 결혼해야 할까? 하지만 결혼하기에 우리는 이미 너무 나이가 들었지. 알리스는 스스로에게 이런 질문을 던지고 결론에 도달하지는 못했다. 한 번 더 수영하러 가자. 마지막으로 한 번 더. 담장 앞, 성문 앞, 작은 나무다리 난간 쪽으로, 풀들이 멋대로 자라난 정원 쪽으로. 한 손에 샌들을 들고. 혼자 호숫가에서, 옷을 완전히 다 벗고 조심스럽게 미끄러운 돌 위에서 휘청거리며 물속으로 들어갔을 때, 알리스는 콘라트가 자신을 집으로 초대하면서 호수에 대해 했던 얘기를 떠올렸다. 호수 물은 언제나 얼음처럼 차갑지. 그걸 견디고 물로 들어가야 해. 너는 물에 들어가게 될 거야. 그리고 절대로 후회하지 않을 거야. 넌 결코 후회하지 않을 거야. 콘라트는 그렇게 말했다.

그 말을 어떻게 이해해야 할까. 그리고 그 말은 다른 모든 것에 어떤 의미를 지닐까. 알리스는 바닥에서 발을 떼고 물속에서 몸을 편 다음 헤엄쳐 나가기 시작했다.

리하르트

마르가레테가 전화를 걸어 말했다. 담배와 물이 필요하다고. 사실 그 밖에는 필요한 게 아무것도 없지만 담배와 물은 정말, 당장 필요하다고 했다.

어떤 담배요?

그 가늘고 긴 담배, 여자들이 피우는 담배 말이야. 슬림 라인. 그리고 탄산이 든 생수.

그거 말고는 필요한 게 정말 아무것도 없어요?

응, 정말 없어.

한 시간 뒤에 갈게요. 얼른 갈게요.

어느 초여름 오후였다. 토요일이었다. 알리스는 원래 다른 일을 할 생각이었다. 특별히 정해 놓은 일이 있었던 것은 아니지만 그저 뭔가 다른 일을 할 생각이었다. 라이몬트도 쉬는 날이었다. 이제 난 가야 해. 알리스는 라이몬트에게 말했다. 침대에 누워 책을 읽던 라이몬트는 듣는 둥 마는 둥 고개를 끄덕였다. 아무것도 묻지 않았다. 알리스는 굽 낮은 구두를 신고 밝은색 재킷을 입었다. 재킷까지는 필요 없을 것 같았지만 언제 집에 돌아올지 알 수 없었기 때문이다. 어쩌면 꽤 늦어질 수도 있는데, 밤이 되면 쌀쌀해질지도 모르니까. 알리스는 침대 옆에 서서 라이몬트의 맨등을 내려다보았다. 그의 왼쪽 팔에 새겨진 띠 모양 문신, 인디고블루색 문양과 글귀들, 그의 흰 피부에 새겨진 그것들을 바라보았다. 알리스는 라이몬트 하고 불렀고 그는 몸을 돌렸다.

나 이제 가.

지난번처럼 너무 늦지 마. 잘 다녀와. 그렇게 말하며 그가 고개를 끄덕였다.

알리스는 집을 나서기 전에 선글라스를 썼다. 온종일 집에 있다가 처음 밖으로 나서는 것이었다. 거리는 사람들로 가득 찼고, 알리스는 숨을 참아야 했다. 초록 잎이 무성한 나무들 밑에, 차양 혹은 파라솔 아래 줄줄이 놓인 테이블에 많은 사람들이 앉아 있었다. 그들은 끊임없이 이야기를 나누었다. 고개를 끄덕거리고, 말하고, 몸짓을 했다. 요란한 웃음소리. 공원 한복판에 놓인 배 모양 나무 벤치는 아이들로 가득 차 있었다. 우

 리하르트

는 애들, 소리 지르는 애들, 열기가 올라 있는 애들. 공원 가장자리의 벤치에 엄마들이 후광처럼 아이들을 둘러싸고 앉아 있었다. 알리스는 이 날씨에는 좀 덥게 느껴지는 재킷의 주머니에 양손을 찔러 넣고 걸었다. 주머니 속에는 동전, 열쇠, 휴대전화, 영화 티켓, 사탕 포장지 등이 들어 있었다. 농구공이 운동장 철망에 부딪치는 소리가 들려왔다. 여름이 되자 이 소리는 아침 6시부터 들렸다. 6시에 벌써 누군가가 운동장에 나와 농구공을 골대에 꽂거나 철망에 던졌다. 그 소리는 계속해서 들렸다. 알리스는 때때로 그 소리 때문에 잠에서 깨어났다. 피곤한 몸으로, 방의 흰 벽에 비쳐 드는 아침 빛에 놀라면서.

마르가레테와 리하르트가 사는 집으로 가는 길은 프렌츨라우어 알레 역에 있는 꽃집 앞을 지나게 되어 있었다. 전철역 안 넓은 홀의 아치형 창문들 아래, 플라스틱 통 속에 꽃들이 있었다. 꽃으로 꾸며진 강당 같았다. 그 꽃들 한가운데 접이의자를 놓고 베트남 여자 점원이 앉아 있었다. 하루도 빠짐없이. 역사譯舍가 그늘져서 꽃의 빛깔이 어두워 보였다. 어두운 흰색 백합, 어두운 분홍 거베라, 어두운 보랏빛 아이리스. 캐모마일. 금어초. 해바라기. 베트남 점원은 졸고 있었다. 마치 여행자처럼 잠든 여자는 머리를 한순간 옆으로 툭 떨어뜨렸다가 다시 원위치했다. 그녀의 꿈속에서 열차들은 도착하고 떠날 테고, 그건 그녀의 잠을 수시로 끊어 놓는 훼방꾼일 거라고 알리스는 생각했다. 알리스는 머뭇거리며 그 앞에 서 있었다. 점원을 깨운다는 건 있을 수 없는 일이었다. 그리고 원래 알리스는 오늘 꽃을 가져갈 계획이 없었다. 생수와 담배, 그게 전부였다. 더 가져가야 할 것이 없었다.

지난번에 리하르트와 마르가레테를 찾았을 때 알리스는 이 가게에서 오래 심사숙고한 끝에 작약을 사들고 갔다. 작약 일곱 송이 주세요. 아무것도 곁들이지 말고요. 꽃은 항상 홀수로 사야 한다. 미신 같은 얘기지만. 다섯 송이는 너무 적고, 아홉 송이는 돈이 부족했다. 리하르트의 집에는 꽃병이 없었다. 이제 항상 리하르트와 함께 집에 있는 마르가레테는 언제나 그의 침대 곁을 지켰는데, 그녀는 작약을 우유병에 꽂아 리하르트에게 보여 주며 얼마나 아름다운지 보라고 했다. 리하르트는 가장 좋아하는 꽃이 작약이라고 말했고, 알리스는 그 말을 믿었다. 알리스가 수선화나 튤립을 가져다주었다면 그렇게 말하지 않았을 거라고 생각했다. 우연이었다. 세 사람 모두 알리스가 우연히도 리하

　　　　　　　　　　　　　리하르트

르트 마음에 드는 꽃을 고른 것에 기뻐했다. 그게 언제였던가? 2주 전 일이다. 2주 전 일. 리하르트는 침대에서 일어났고, 세 사람은 한 시간 동안 함께 거실에 앉아 있을 수 있었다. 그들은 책으로 가득한 서가 앞에 놓인 타원형 테이블에 앉아 있었다. 잠옷 차림의 리하르트는 책들을 등지고 앉아, 마르가레테가 당부할 때마다 잔에 든 물을 마셨다. 리하르트는 천천히 조심스럽게 담배를 피웠다. 담배를 끊기에는 너무 늦었고 끊어 봐야 소용없을 거라고 했다. 알리스와 리하르트가 마주 앉고 마르가레테가 그들 사이에 앉았다. 마르가레테는 눈물을 흘리면서 웃다가 울다가 하며 이야기를 이어 갔고, 리하르트는 그런 그녀를 눈을 떼지 않고 바라보았다. 그래도 자신에게 아직 할 일이 남아 있다는 듯한 태도로. 그 할 일이라는 게 바로 마르가르테를 바라보는 일인 것처럼.

그들을 만나고 돌아온 알리스는 라이몬트에게 물었다. 나보다 먼저 죽고 싶어, 아니면 내가 죽은 뒤에 죽고 싶어? 당신이 죽은 뒤에. 라이몬트가 대답했다. 그 대답을 하기까지 시간이 좀 걸렸다. 말도 안 되는 질문이라고 생각하는 것 같았다. 왜? 그는 대답에 확신이 없었던 모양이다. 그럼 당신은? 이렇게 되물은 걸 보면. 알리스는 고개를 저으며 손으로 그의 입을 막았다. 알리스는 그 질문에 대답할 수 없었다.

알리스는 안전 수칙을 잘 지키며 교차로를 건넜다. 그녀와 라이몬트가 서로에게 늘 조심하라고 강조하던 시절이 있었다. 주위를 잘 둘러보고 조심해서 다니라고. 왜 그랬는지는 알리스도 말하기 어렵다. 그런 시절이 라이몬트에게도 있었다. 두 사람 모두 그랬다.

조심해.

당신도.

알리스는 신호등이 초록색이 될 때까지 기다렸다가 길을 건넜다. 왼쪽에서 전차가 왔다. 그 위의 다리를 달리던 전동차가 빠른 속도로 하강하더니 지하 철로로 사라졌다. 자동차들은 무대 위 무용수들처럼 가지런히 정렬해 정차해 있었는데, 어떤 의미와 규칙에 따라 구성된 작품 같았다. 아름다운 전조등들. 이 모든 것 위로 창백한 하늘이 펼쳐져 있었다. 알리스는 선글라스를 벗고 신문을 파는 간이매점으로 들어가는 문을 팔꿈치로 눌러 열었다. 달콤한 먹을거리가 든 플라스틱 상자들이 바리케이드를 이루고 있었다. 흡혈귀 이빨, 흰 생쥐, 젤리 달팽이 등등. 바리케이드 뒤에는 뚱뚱한 매점

주인이 느릿하게 움직이고 숨쉬고 바스락거리며, 동굴 속 묵직한 짐승처럼 앉아 있었다. 복권이 든 통. 초코바 상자들, 사탕 봉지들, 서프라이즈 달걀.* 정보지, 안내장, 깜박거리는 작은 램프, 설교지. 이대로 박물관을 만들어 전시를 할 수도 있을 거야. 이런 매점에 서 있을 때면 라이몬트는 그렇게 말했다. 알리스는 지폐를 이 모든 것들의 중앙에 있는 현금 접시에 올려놓고 말했다. 슬림 라인 두 갑 주세요. 담배를 사 본 지가 하도 오래라 양손이 떨렸다. 생수도 두 병 주세요. 뚱뚱한 매점 주인은 아무 말 없이 손가락으로 금전 출납기 옆 선반을 가리켰고 알리스는 여러 종류의 생수 중에서 슈프레크벨 두 병을 꺼내 들었다. 물은 마르가레테에게 필요한 걸까, 아니면 리하르트에게 필요한 걸까. 어쨌거나 상관없었다. 알리스는 알 수 없었다. 모든 것이 대단한 의미를 지닐 수도 있고 아무 의미가 없을 수도 있었다.

물은 플라스틱 병에 들어 있었다. 푸른색 코팅 병. 생수.

봉투는요?

* 　　　장난감이나 먹을 것이 들어 있는 플라스틱 달걀.

네. 주세요.

주인은 오렌지색 봉투를 금전 출납기 위로 밀어 놓고, 거스름돈을 현금 접시 위에 소리 나게 떨어뜨리고는 플라스틱 바리케이트 뒤로 돌아갔다. 가게 주인은 그 앞에 서 있는 동안에도 인상착의를 설명할 수 없을 정도로 모습이 평범했다. 부러진 손톱. 올이 풀려 너덜거리는 스웨터. 가게 안에서는 화분 흙과 젖은 종이 냄새가 났다. 좋은 하루 되세요. 알리스는 그렇게 인사했다. 그저 그가 뭐라고 대답하는지 들어 보기 위해서였다. 가게 주인은 손님도요 하고 대답했다. 억양이 전혀 없는 목소리였다. 알리스는 문을 열고 생수 두 병과 담배가 든 봉투를 가슴에 안은 채 도로를 내려가 왼쪽으로 갔다.

라인스베르거 거리는 길다. 알리스가 사는 거리와는 달리 라인스베르거는 조용했다. 소박하고 조용하고 아름다운 거리. 지나치지도 부족하지도 않은. 양쪽에 심긴 오래된 아카시아 나무들. 둥근 보도블록, 땜질한 아스팔트. 밝은색과 어두운색 아스팔트 사이에 타르로 때운 이음새가 보였다. 라인스베르거 거리에서는 차도 한가운데를 걸을 수 있었다. 알리스는 생수와 담배가

 리하르트

든 오렌지색 봉투를 들고 차도 한가운데를 걸어갔다. 아카시아 나무들 사이로 가벼운 바람이 불어와 잎사귀들이 흩날렸다. 아스팔트 위를 흘러 다니는 불빛, 열린 창문들에서 들려오는 텔레비전 소리, 전화벨 소리, 저녁 냄새, 라디오에서 들려오는 유행가 멜로디. 6월 어느 토요일 오후의 거리. 알리스는 이 거리가 일요일 같은 분위기를 풍긴다고 생각했다. 거기서 그녀는 어린 시절의 일요일을 떠올렸다. 길고, 뭔가 마음을 설레게 하는 여름날의 일요일들. 언제나 모든 것이 천둥 번개 치기 직전처럼 느껴졌던. 바로 그 순간을 기다렸다. 천둥 번개가 치는 순간을.

리하르트가 사는 집은 거리 오른편에 있었다. 그늘진 쪽이었다. 알리스는 리하르트 집의 닫힌 창문들을 올려다보며 생각했다. 이 거리, 이 건물 안, 이 집, 그 방, 그 침대에 내가 아는 한 남자가 누워 죽어 가고 있다. 다른 사람들은 모두 뭔가 다른 일을 하고 있다. 이런 것을 생각하는 일은 어떤 시를 암송하는 일과 비슷했다. 다른 사람의 말들. 한마디도 이해할 수 없는. 알리스는 건물 입구 아치 밑에 멈춰 서서 멀리서 들려오는 어떤 아이의 피리 소리에 귀를 기울였다. 뻐꾹, 뻐꾹.* 7음계의 반, 두 번의 트릴, 그리고 마침. 알리스는

초인종을 눌렀다. 납으로 된 초인종을 검지로 누르고
는 문가에 기대섰다. 삐익 소리와 함께 문이 열렸다.

우유병에 꽂힌 작약은 시들어 있었다. 하지만 여
전히 창가에 놓여 있었다. 테이블에는 흰색으로 가장
자리를 두른 푸른색 식탁보가 덮여 있고, 생수 한 병,
재떨이 한 개, 펼쳐진 주소록, 주소록 위에 전화기가 놓
여 있었다. 그리고 메모지, 볼펜, 성냥, 돋보기안경. 마
르가레테는 유리잔 두 개를 주방에서 가져오고 재떨이
를 비웠다. 2주 전 리하르트가 앉았던, 책들 앞쪽 자리
에 앉았다. 위안을 주는 친숙한 제목의 책들이 등 뒤에
서 보호해 주는 자리였다. 리하르트에게 더 이상 이 책
들이 필요하지 않게 되면 대체 누가 이 수천 권의 책들
을 읽을까? 알리스가 부끄러워하면서 마음에 품은 질
문은 바로 그것이었다. 마르가레테는 알리스에게 물을
한 잔 따라 주고 나서 자기 잔에도 물을 따르고, 담뱃
갑 하나를 열었다. 알리스는 담뱃갑을 어떻게 여는지
아직도 정확하게 기억했다. 셀로판지 선을 부드럽게
잡아당겨 벗긴 다음 바삭거리는 은종이를 뜯어 첫 번

---

*   독일 민요 〈뻐꾸기 노래〉의 첫 소절.

       리하르트

째 담배를 뽑는다. 버지니아와 오리엔트. 하나의 세계. 마르가레테는 담배에 불을 붙인 뒤 성냥불을 불어 끄고 손을 흔들어 유황 냄새를 쫓아 버렸다. 그녀의 얼굴은 6월의 햇볕으로 가무잡잡해져 있었다. 마르가레테에게는 찬란하게 빛나고 강렬하며 생명력이 넘치는 무엇이 있었다. 그녀는 활달하게 담배를 피웠다. 알리스, 네가 와서 정말 좋구나. 그녀가 그렇게 말하자 알리스 역시 예기치 않게 다시 한번 이곳에 앉아 있을 수 있게 된 것이 갑자기 멋진 일로 여겨졌다. 그 지속성이 리하르트가 숨을 멈추는 바로 그 순간에 끝나게 될 이 방에. 리하르트가 언제 호흡을 멈출지는 아무도 알 수 없었다. 그러므로 그가 아직 숨을 쉬는 동안에는 모든 것이 그대로였다. 테이블, 책, 꽃, 안경, 물 잔, 문에 붙어 있는 그의 이름과 그의 책상 앞 의자 등받이에 걸쳐진 그의 갈색 재킷까지도.

마르가레테. 알리스가 불렀다.

마르가레테는 고개를 끄덕였다. 이제 모든 게 다 준비됐어. 모든 문제를 정리했어. 연주자들, 묘지의 오케스트라, 묏자리까지. 장례식 날도 정했어. 3주 후야.

리하르트가 그때까지 죽지 않으면요. 알리스가 물

었다.

아, 그때까지는 마치게 될 거야. 마르가레테가 대답했다.

2주 전 그들은 거기에 대해서 이야기를 나눴다. 마르가레테와 리하르트는 알리스 앞에서 그 문제를 이야기했다. 알리스는 듣고만 있었다. 처음에는 리하르트의 장례식을 그 당사자와 이야기하는 것이 무례하다고 생각했다. 하지만 그것은 자연스럽고 당연해졌다. 무례한 일이 아니었다. 리하르트는 친구들이 손수 자기 관을 들고 가기를 바랐다. 장례 업체 사람들이 그 일을 하는 건 싫다고 말했다. 목사의 설교나 성경 구절 낭송도 원치 않고, 그저 장례식 날에 날씨만 좋으면 기쁠 거라고 했다. 마르가레테는 메모지에 적어 놓았다. 누구에게 전화를 할지. 와야 할 사람은 누구도 빠뜨리지 말 것. 조문객들을 위한 식사. 자두 무스를 곁들인 빵, 햄버거 스테이크와 맥주. 마르가레테는 말했다. 우리가 그렇게 준비할게. 우리가 할게, 리하르트. 아주 멋진 장례식이 될 거야. 그러자 리하르트가 말했다. 그렇게 될 거야. 그러면서 그는 미묘한 눈빛으로 마르가레테를 바라보았다. 후에 알리스는 라이몬트에게 그 눈빛을 묘사하려고 했지만 결국 포기할 수밖에 없었다. 그

                                          리하르트

눈빛을 묘사하는 일이 불가능했기 때문이다.

그랬단다. 나는 일주일 전부터 거의 잠을 자지 않았어. 난 버틸 거야. 모든 일을 버텨 낼 거야. 그리고 모든 게 끝나면 쓰러지겠지. 뻔해. 2주 전 네가 들른 이후로 거의 아무도 오지 않았어. 그다음엔 진도가 아주 빨랐지. 얼마나 빠르게 상태가 나빠졌는지 믿을 수 없을 정도야. 보면 알아. 너도 알게 될 거야. 마르가레테가 말했다.

마르가레테는 말을 멈추고 귀를 기울였다. 리하르트가 잠들어 있다고 그녀가 말했다. 리하르트는 통증을 느끼지 않아. 지금 몇 시지. 잠깐만, 금방 5시가 되겠구나. 곧 남자 간호사가 올 거야. 30분 후에, 모르핀으로 가득 찬 가방을 들고 말이야. 그 남자는 그 가방을 들고 이 도시 전체를 돌아다녀. 그때까지 여기에 있을 거니?

네, 더 있을게요. 알리스는 방 앞 복도를 지나 마당으로 통하는 두 번째 방 안쪽을 바라보았다. 리하르트의 침대는 오른쪽 벽에 붙어 있었다. 창문은 열려 있고 커튼이 쳐져 있었다. 리하르트는 머리를 문 쪽에 두고 눈을 감고서 창가를 향해 누워 있었다. 알리스는 그의 백발을 볼 수 있었다.

저 커튼은 내 소녀 시절 때부터 있던 거야. 마르가레테가 말했다.

모슬린이군요. 알리스가 말했다.

맞아, 모슬린이지. 마르가레테는 고개를 끄덕였다. 그 옛날에, 50년 전에 내가 알았더라면. 서 커튼을 리하르트가 죽어 가는 방에 걸어 둘 날이 올 줄이야.

흰 커튼이 바람에 부드럽게 움직였다. 거의 느끼기 어려울 정도로 앞뒤로 흔들렸다. 빛줄기가 조금씩 달라졌다. 커튼의 자수와 가장자리 장식이 살짝살짝 드러났다. 화환 모양의 작은 꽃무늬들이 여기저기 수놓인 커튼은 어느 부분은 환하게 도드라지고 어느 부분은 어둡게 보였다.

간호사는 6시에 왔다. 그는 파파야와 망고, 파인애플을 모두 작은 조각으로 잘라 플라스틱 통에 담아왔다. 물도 더 가져왔다. 방 안은 더워서 벌써 여름 같았다. 그들은 한동안 그렇게 함께 앉아 있었다. 파파야와 망고와 파인애플을 함께 먹었다. 드셔야 돼요, 마르가레테. 간호사가 말하면서 모르핀을 준비했다. 그러고는 주사기를 꺼내 들고 침실로 건너갔다. 알리스는 파파야 한 조각을 집어 들었다. 오렌지색. 매끈한 질감. 알리스는 간호사가 리하르트에게 말하는 것을 들었다.

차분하고 담담한 말투였고 어린아이에게 하듯 말하지는 않았다. 알리스는 잠시 그쪽을 건너다보았다. 간호사는 침대 위로 몸을 구부리고 양손을 리하르트의 머리에 얹었다. 마치 그에게 키스하려는 것처럼 보였다. 그런 다음 간호사는 방으로 돌아와 테이블에 앉아서 운동화 끈을 맸다. 젊은 남자였다. 깨끗이 민 머리통, 부드러운 얼굴 윤곽, 여러 개의 귀고리. 그가 마르가레테에게 말했다. 저는 휴대전화를 들고 있을 거예요. 오늘 옥상에서 그릴 파티를 하는데 아마 작은 병맥주 한 병쯤 마실 거 같아요. 어쩌면 두 병요. 오늘은 별일 없을 거예요. 어쩌면 내일이 되겠죠. 내일이면 끝날 것 같아요. 제가 필요하면 언제든 전화하세요.

곁에 앉아서 환자 분을 만지면, 그분도 그걸 느껴요. 모든 것을 다 느끼고 계세요. 간호사가 말했다. 어쩌면 알리스에게 말한 것인지도 모른다. 알리스와 간호사는 작별 인사를 나눴다. 격식을 갖춰서. 두 사람이 예전에 전혀 모르는 사이였다는 것은 문제가 되지 않았다. 그리고 그는 떠났다.

알리스도 그 집을 나섰다. 마르가레테는 알리스를 문 앞까지 배웅하며 짧지만 힘차게 포옹했다. 연락할게. 그렇게 되면. 이 상황이 끝나면 말이야. 전화할게.
마르가레테가 말했다.

알리스는 길을 되짚어갔다. 라인스베르거 거리를
따라 차도 한가운데를, 밝고 어두운 아스팔트 위를 걸
었다. 이제 날이 어둑해졌고 건물마다 불이 켜졌다. 발
코니마다 장식한 꽃에 물을 주어서 그늘진 보도 위로
물방울이 톡톡 떨어졌다. 저녁의 허밍. 요즘 날씨가 좋
지 않았다. 너무 오래 비가 내리지 않아서 홈통에서는
말라붙은 보리수 잎사귀들이 사각사각 소리를 냈다.
아주 천천히, 한낮의 온기가 식어 가고 있었다. 대로에
서는 자동차들이 신호를 기다렸고, 고가 위 시외 전철
은 반대 방향으로 달렸다. 다리 아래로는, 초록색 창문
이 달린 전차 꼭대기 전선에서 푸른 불꽃이 깜빡거리
는 것이 보였다. 알리스는 간이매점 앞을 지나갔다. 보
기 싫은 신문 가판대와 로또 네온 광고판이 보였다. 광
고판은 이제 불이 들어왔지만 연결이 좋지 않은 듯 깜
박거렸다. 문 앞에 뚱뚱한 주인이 서 있었다. 그저 밖으
로 한번 나와 본 것이었다. 바지 주머니에 찔러 넣은 양
손, 올이 풀려 너덜거리는 스웨터, 친절하고 지쳐 보이
는 얼굴. 그는 알리스에게 가볍게 목례를 했고, 알리스

                                          리하르트

도 인사를 하며 생각했다. 그는 내가 어디 있었는지 알까. 알 턱이 없지. 물은 벌써 다 마셨고 담배는 내일 아침이면 다 피워 사라질 것이었다.

신호등 앞에 멈춰 섰을 때 알리스는 라이몬트에게 전화를 걸었다. 신호 음이 일곱 번 울렸을 때 그가 전화를 받았다. 그의 목소리는 멀고 낯설게 들렸다.

알리스.

아래층에 앉아 있을래? 내가 지금 집에 가면 말이야. 알리스는 말을 더듬었다. 넓은 교차로를 바라보면서 알리스는 잠시 세상 모든 것의 의미가 사라져 버린 듯한 느낌이었다. 마치 모든 것이 해체되어 다르게 조합되고, 새로운 의미를 찾은 것 같았다. 알아볼 수 없는 글씨. 머릿속에서 형체를 알아볼 수 없게 흘려 쓴 문구들이 웅웅거리는 것 같았다. 알리스는 왼손으로 두 눈을 가렸다. 그 느낌은 사라졌다. 번거롭게 하는 게 아닌지 모르겠네. 알리스가 말했다.

아냐. 그렇지 않아. 아래층에 내려가 있으라는 거지. 집 앞에 있는 술집. 라이몬트가 말했다.

그래 주면 좋겠어. 지금 뭐 하고 있어? 알리스가 물었다.

책 읽어. 라이몬트가 말했다. 그러고는 소리 내어 웃었다. 아, 아냐. 사실은 자고 있었어. 내려갈게. 거기서 만나.

그래. 알리스가 말했다.

여전히 거리는 사람들로 가득 차 있었다. 잠시도 쉬지 않고 떠들어대는. 전혀 끝날 것 같지 않은. 마무리가 없을 것 같은. 하지만 이제 어둠이 내려오기 시작하면서 모든 소리가 막을 씌운 듯 아련해졌다. 테이블마다 바람막이를 씌운 등이 켜졌다. 남자들과 여자들이 한데 어울려 마주앉아 있었다. 무성한 초록빛 나무들, 보도 끝 보관대에 묶여 있는 자전거들. 달빛 공원의 배는 이제 텅 비어 있었다. 텅 빈 나무 배는 모래 바다에서 난파되어 난간이 부서진 것처럼 보였다. 그 주변에 사람들이 모두 떠난 빈 벤치들이 널려 있었다. 일회용 컵, 신문지, 음료수 병. 수풀 뒤에서 폐지 줍는 사람들이 나와 공손하고 조용하게 병들을 주워 올리며 서로서로 기회를 양보했다. 나무들 사이로 박쥐들이 보였다. 귀제비. 그들의 성난, 미친 듯한 비명. 탁구공의 통통 소리, 휴대전화 멜로디, 교향악. 알리스는 공원 가장자리를 지나 집으로 향했다. 알리스가 사는 곳, 그

날 오후와 초저녁에 라이몬트가 잠자고 책을 읽었던 곳. 2층, 4층, 알리스의 창문에 불이 켜져 있었다. 라이몬트가 아래층으로 내려가면서 알리스를 위해 창가의 작은 등을 켜 놓은 것이었다. 알리스는 이제 라이몬트를 볼 수 있었다. 그는 술집에 앉아 있었다. 건물 옆으로 길게 늘어선 테이블 중 건물 출입구 바로 옆 마지막 테이블의 푸른 차양 아래 앉아 있었다. 와인색으로 칠한 건물 벽을 등지고 라이몬트는 작은 병맥주를 마시고 있었다. 옆 의자에 그의 재킷이 걸쳐져 있었다. 알리스는 천천히 멈춰 섰다. 그녀는 오래전부터 해 온 놀이를 하려고 했다. 그를 모르는 사람처럼 바라보는 것. 어떤 사람을 처음 바라보듯이. 그에게서 어떤 느낌을 받는가? 그가 어떤 사람으로 보이는가? 하지만 그 놀이는 더 이상 가능하지 않았다. 알리스는 포기했다.

안녕하세요. 종업원이 인사했다.
안녕하세요. 라이몬트가 알리스 대신 대답했다. 결코 흉내 낼 수 없는, 적절한 말투로.
피곤해?
응, 약간. 알리스가 말했다. 저도 맥주 작은 거 한 병 주세요.

종업원은 먼저 라이몬트에게 웃어 보이고, 그다음 알리스에게 미소를 지었다. 그리고 하늘을 한 번 쳐다보더니 잠시 그들 곁에 서 있었다. 종업원도 문신이 있었다. 멕시코의 태양이 등에, 정확하게 두 견갑골 사이에 새겨져 있었다. 알리스는 그녀와 이따금 복도에서 마주쳤는데, 그때마다 두 사람은 서로에게 인사를 건넸다. 잘 지내요? 네. 잘 지내요. 일이 너무 많아요. 언제나 일이 너무 많아요. 시간이 없어요. 시간이 없어요. 사실은 무엇을 위해 시간이 필요한 걸까요? 두 여자는 정확하게 무엇을 위한 시간이 필요한지 알 수 없다는 데 의견 일치를 보았다. 그 종업원은 매일 아침 술집 문 옆에 놓인 칠판에 그날 메뉴를 적는 일을 했다. 해피 아워라고 그녀는 썼다. 동그란 얼굴에 미소를 지으면서. 날마다 하루도 빠짐없이. 종업원은 손가락 마디로 가볍게 테이블을 두드리고는 사라졌다. 알리스와 라이몬트가 집 앞 아래층 술집에 앉아 있는 일은 흔치 않았다.

알리스는 재킷을 벗었다. 그리고 라이몬트 옆에 앉았다. 둘은 나란히 앉아 지나가는 사람들을 바라보았다. 왼쪽으로 공원을 건너가거나 오른쪽으로 거리를 따라 내려가는 사람들.

배고파? 라이몬트가 물었다. 뭐 먹을래?

 리하르트

배 안 고파. 나는 이미 뭘 먹었어. 망고랑 파파야랑 파인애플. 알리스가 대답했다.

그 말은 좀 이상하게 들렸다. 알리스는 그 간호사를 떠올릴 수밖에 없었다. 그는 지금쯤 어느 옥상에서 접이의자에 앉아 고기를 굽고 있을 것이다. 불이 환하게 켜진 반짝이는 도시를 내려다보며, 세 번째 맥주병을 손에 들고 옷 주머니에는 휴대전화를 넣은 채. 어쩌면 마르가레테가 전화할지도 모르니까. 어쩌면 마르가레테는 알리스에게도 전화를 걸지 모른다. 간호사의 눈동자는 아주 까맸는데 그 눈은 뭔가 다른 세계에 정신을 팔고 있는 듯 진지해 보였다.

붙잡을 수 없을 정도로 작아져 버렸어. 리하르트 말이야. 2주 사이에 정말 어린애처럼 작아져 버렸다고. 피부는 노래졌어. 이제 다 끝났어. 하지만 심장은 아직도 뛰고 있어. 언제까지나 그냥 그렇게 뛴다고. 알리스가 말했다.

이젠 더 이상 의식이 없는 거야? 아닌가? 라이몬트가 물었다.

의식이 없지. 더 이상 깨어나지 않아. 그런데도 간호사는 리하르트가 모든 걸 안다고 말했어. 그럴지도 몰라. 그걸 어떻게 아는지는 나도 모르겠어. 내가 리하르트를 쓰다듬었거든. 그랬더니 한숨을 쉬는 거야. 그것도 반사작용일까?

그럼, 반사작용이지.

그럴지도 몰라.

종업원은 알리스 앞에 맥주를 가져다 놓았다. 코르크 받침 위에 올려 둔 키 큰 금빛 유리잔. 종업원이 사라진 뒤에 알리스는 잔 받침을 치워 버렸다. 맥주는 얼음처럼 차고 달콤했다. 무슨 책 읽었어? 알리스가 물었다.

공상 과학 소설. 라이몬트가 대답했다. 그는 행복해 보였다. 비에 관한 아주 멋진 얘기였어.

그는 더 이상 이야기하지 않았다. 알리스도 아무 말 하지 않았다. 이대로 충분했다. 간호사라도 분명히 아무것도 말하지 않았을 것이다. 적어도 리하르트에 대해서라면. 그 밖에 다른 모든 것에 대해서는 이야기했을 것 같다. 축구 경기 결과, 북극곰, 일기 예보, 대통령 선거. 마르가레테는 말했다. 네가 가고 나면 나는 리하르트 침대 옆에 간이침대를 놓을 거야. 그리고 리하르트 곁에 누워야지. 잠을 자진 않을 거고, 그냥 그렇게 누워 있을 거야. 그러니까 지금 마르가레테는 리하르트 침대 옆 간이침대에 누워 있을 것이다. 그녀의 소녀 시절 흰색 모슬린 커튼이 달려 있는 그 방에서. 그렇게, 언제까지나 계속될 것이다. 리하르트가 세상을 떠날 때까지. 소녀 시절. 그럼 그 나머지 삶은 도대체 무엇일 까. 알리스는 생각했다.

알리스는 마르가레테를 생각했다. 그리고 간호사 를 생각했다. 라인스베르거 거리와 어린 시절의 일요 일들. 손풍금을 연주하는 눈먼 악사가 녹슨 사슬에 묶 인 작은 원숭이를 데리고 뒷마당에서 노래를 부르던 그 일요일들. 그때 알리스는 동전을 신문지에 둘둘 감 아 부엌 창문을 통해 그에게 던져 주었다. 알리스가 라 이몬트에게 그 이야기를 들려주었을 때 라이몬트는 믿 지 않았다. 대체 왜 믿지 않는 걸까. 알리스는 리하르트 도 생각했다. 하지만 다른 방식으로 생각했다. 그녀는 라이몬트 너머로 밤이 내린 공원을 바라보았다. 멀리 밤 비행기 한 대가 하늘로 솟아오르는 것이 보였다. 알 리스는 라이몬트를 사귄 지 얼마 안 된 어느 날 밤 두 사람이 함께 앉아 있을 때 그가 했던 얘기가 생각났다. 밤에 비행기가 날아가는 소리를 들으면 서글퍼진다는 얘기였다. 왜? 알리스가 물었다. 그게 마지막 비행기일 수 있으니까. 내가 탈 수 있는 마지막 비행기 말이야. 라이몬트가 말했다. 알리스는 그 말에서 어떤 것은 이해할 수 있었고 어떤 것은 이해할 수 없었다. 무언가가 알리스의 마음을 불편하게 했다. 밤에 비행기를 보면 으레 그 생각이 났다. 원하든 원치 않든 매번. 일종의 대가였다. 하지만 무엇을 위한 대가였을까?

다시 거기 갈 거야?
아니. 오늘이 마지막이었던 것 같아.

일요일에 그들은 차를 몰고 밖으로 나갔다. 일요 신문, 체크무늬 담요, 차가 든 보온병, 사과 세 알, 생수 한 병을 싣고서. 국도를 타고 북쪽으로 달렸다. 두 사람 은 숲 근처에 차를 세웠다. 모랫길 건너 숲으로 들어가 호수 있는 곳까지 걸었다. 알리스는 라이몬트 뒤를 쉬 지 않고 느릿느릿 한동안 따라갔다. 라이몬트는 때때 로 사라졌다가 다시 눈앞에 나타났고, 전나무 숲 사이 로 비쳐 드는 빛 한가운데 서 있기도 했다. 그 빛은 비 현실적으로 반짝였다. 길 가장자리에는 뚱뚱한 딱정벌 레들이 고집스럽게 몸을 흔들며 앞으로 나아가고 있 었다. 어디선가 딱따구리가 딱딱거리는 소리가 들렸 다. 라이몬트는 한참을 앞서 있었다. 두 사람은 담요 깔 자리를 찾으려고 호수를 빙 둘러 걸었다. 알리스에게는 장소가 중요했고 라이몬트에게는 아무 상관이 없었다. 담요를 깔 만한 곳이 없었다. 나무뿌리들이 헤집고 나와 울퉁불퉁하고 축축한 풀밭뿐이었다. 뾰족한 수가 없었다. 그들은 나무 옆 그늘에 머물렀다. 알리스는 나무둥치에 기대앉아 발을 물에 푹 담갔다. 물은 초록색이고 진흙이 엉겨 있고 따뜻했다. 라이몬트는 헤엄을 치러 가고 알리스는 한마디도 제대로 이해하지 못하면서 일요 신문을 읽었다. 이해할 생각도 없었다. 신문지 바스락거리는 소리. 축축한 모래 위 개구리들. 물뱀이 작고 흉한 머리를 내미는 물가에서 안전하게 떨어진 장소. 이름 모를 새들이 호수 위를 날아다녔다. 밀란.* 알리스는 이 단어가 언제나 멋지다고 생각했지만 그 새를 직접 본 적은 한 번도 없었다. 아니면 내가 잘못 알고 있나? 알리스는 어깨를 으쓱했다. 그래, 그럴 수도 있지. 라이몬트가 돌아왔다. 그는 물에서 방금 나온 사람이 으레 하는 방식으로 숨을 쉬었다. 그는 수건으로 몸을 닦고 자신이 헤엄쳐 온 물길을 다시 한번 돌아보았다.

좋았어?

<hr>

*　솔개의 일종.

응. 안 들어갈래?

글쎄.

라이몬트는 차를 마시고, 사과를 먹고, 신문을 펼쳐 들었다. 알리스는 모기 한 마리가 라이몬트의 왼쪽 어깨에 내려앉아 주둥이를 그의 피부에 밀어 넣고 다리로 펌프질하는 모습을 한참 동안 차분하게 지켜보았다. 그녀는 한 손으로 턱을 괴고서 라이몬트가 신문 읽는 모습을 바라보았다. 그는 여기서 사라지고 없었다. 평행선을 긋는 두 세계였다. 신문을 읽으면서 라이몬트는 두 번 미소를 지었다. 신문을 덮고 일어서서 뼈가 우두둑 소리가 날 때까지 기지개를 켰다. 고개를 좌우로 돌리자 목뼈 꺾이는 소리가 났다. 한 바퀴 돌고 올게. 라이몬트는 그렇게 말하고 나서 검고도 밝게 빛나는 나무둥치들 사이로 사라졌다. 수풀 속에서 반짝이는 점들이 보였다. 부지런한 개미와 벌들이 먹다 남은 사과 위를 돌아다녔고, 주석 잔에 담긴 차는 차게 식었다. 알리스는 잠이 들었다. 잠깐 꾼 꿈에서 그 간호사가 리하르트 방에서 테이블 위 물건을 모두 치우고 있었다. 푸른 테이블보를 걷으며 그는 어쩔 도리 없이 상황을 받아들여야 한다는 듯한 또렷하고 냉정한 표정을 지었다. 프렌츨라우어 알레 역에 있는 꽃집의 베트남 점원처럼

                    리하르트

머리가 옆으로 툭 떨어지면서 알리스는 소스라치게 놀라 깨어났다. 라이몬트는 두 발을 물속에 담그고 우뚝 서서 어두운 호수를 바라보며 말했다. 이제 돌아가야 해, 알리스. 나 오늘 야간 근무야. 구름이 해를 가로막고 있었다. 갑자기 선선해졌다. 꿈속에서 간호사는 리하르트의 안경을 벗겼다.

알리스는 짐을 꾸렸다. 두 사람은 함께 담요를 맞잡아 털고, 먹다 남은 사과를 갈대밭에 던졌다. 구겨진 신문을 다시 가지런히 접었지만 그것은 두 배로 불어난 것처럼 보였다. 금방 갈게. 알리스가 말했다. 소풍을 마치고 서둘러 정리하다 보면 언제나 우울한 기분이 든다. 마치 이것이 마지막 소풍인 것처럼, 마치 이것이 마지막 소풍이 될 수도 있을 것처럼. 알리스는 수영을 하지 않았다. 그래도 수영을 했어야 하지 않았을까. 모든 것을 뭔가 다르게 했어야 하는데. 비단 오늘만이 아니라 언제나 그랬다. 모든 것을 다르게. 알리스는 라이몬트의 뒤를 따라 걷다가 옆으로 가서 그의 손을 잡았다. 두 사람은 손을 잡고 길을 걸었다. 라이몬트는 소풍 바구니를 들고 알리스는 담요와 신문을 들었다. 돌아가는 길에 그들은 누구와도 마주치지 않았다.

지난번에 어떻게 하기로 약속했어? 라이몬트가 물었다. 그 일이 갑자기 다시 떠오른 모양이었다.

마르가레테가 나한테 전화하기로 했어. 리하르트가 세상을 떠나면 연락이 올 거야. 알리스가 대답했다.

아우토반에서 30분 동안 교통 정체가 일어났다. 알리스는 신발을 벗어 놓고 두 발을 대시보드에 걸쳤다. 15년 전처럼 알리스는 라디오를 이리저리 돌리며 창문을 내렸다. 고속도로 갓길, 옥수수밭, 풍력기. 깜박이고 반짝이는, 길게 꼬리를 문 자동차들의 행렬 맨 끝에 방송 송신탑의 실루엣이 보였다. 두 사람은 함께 그것을 보았다. 라이몬트는 먼저 라디오를 끄고 자동차 엔진을 껐다. 그는 시계를 보고 나서 자기도 모르게 흥분해 외쳤다. 두 사람은 제시간에 출발했고 라이몬트는 늦을 리가 없는데도 흥분했다. 알리스는 라이몬트에게 꿈 이야기를 할지 말지 생각했다. 그러나 그녀는 해몽이 겁났다. 그의 해몽이 아니라 자신의 해몽이 두려웠다. 알리스는 안전벨트를 풀고 대시보드에 올려놓은 발을 내렸다. 그리고 말했다. 햇볕에 그을렸네. 알아. 라이몬트가 답했다. 아우토반의 반대편 차선에서는 차들이 움직이며 한 대씩 북쪽 방향으로 향했다. 국도로 갈 걸 그랬지. 거기도 상황은 마찬가지일 거야. 풍

　　　　　　　　　　　　　　　　　　리하르트

력기가 천천히 돌면서 낯선 원형의 그림자를 건조한 들판에 던지고 있었다. 라이몬트는 다시 시동을 걸었다. 둘 다 지쳐 있었다. 정체가 풀렸다.

　두 사람이 오래 떠나 있었던 것처럼 집 안은 무척 고요했다. 뒷마당으로 난 주방 창문은 활짝 열려 있었고, 알리스는 창가에 핀 꽃들에 물을 주었다. 푸른 꽃잎을 가진 꽃들이었는데 꽃 이름은 알리스도 라이몬트도 몰랐다. 꽃송이마다 꽃잎이 열세 장씩 달려 있었다. 알리스가 그 수를 헤아려 보았다. 꽃줄기 사이에 아주 작은 거미들이 거미줄을 쳐 놓았다. 창가 꽃들 위로 건물 벽에 걸린 온도계의 수은주가 섭씨 27도를 가리키고 있었다. 하늘에는 벌써 창백한 반달이 떠 있었고, 곧 천둥 번개가 칠 거라는 예고처럼 지붕들 위로 바람 한 점 없었다.

　당신은 이제 뭐 할 거야? 오늘 저녁에 말이야.

　라이몬트는 주방 문가에 서 있었다. 그는 샤워를 마치고 티셔츠를 갈아입었다. 피부가 그을려 발갛게 되었고 눈 밑으로 그림자가 살짝 져 있었다. 티셔츠가 그의 팔에 새겨진 문신을 가렸다. 나중 된 자가 먼저 되리라.* 꿈의 의미에 대해 두려움을 갖는 것과 마찬가지로 알리스는 이 문신 글귀에 대해서도 두려움을 느꼈다. 몇 해 전 알리스는 이 문구를 팔에 새긴 이유를 자기에게 말하지 말아 달라고 부탁했다. 라이몬트는 그렇게 하겠다고 약속했다. 그리고 지금까지 그 약속을 지켰다.

아무것도 안 할 거야.

알리스는 한 손에 물뿌리개를 들고 주방 창가에 서 있었다. 그녀는 라이몬트를 바라보았다. 그가 아무 말도 할 수 없을 거라는 걸 알았지만 그러면서도 알리스는 잠시 자기가 느끼는 대로 라이몬트를 바라보았다. 무기력하고 울 것 같은 기분이었다.

내가 뭘 할 수 있겠어. 그냥 마르가레테의 전화를 기다릴 거야. 그 생각을 하고 있어. 지금은 역시 그 생각이 나. 호숫가에 있을 때는 거기에 대해 제대로 생각하지 않았어. 걱정 안 해도 돼. 당신은 전혀 걱정할 필요 없어. 난 그냥 집에 있을게.

알리스는 고개를 저었다. 그리고 물뿌리개를 창턱에 올려놓았다. 마치 뭔가가 알리스 주위를 맴돌고, 라이몬트가 그것이 알리스를 건드리지 못하도록 막고 있

는 것 같았다. 사람들이 보통 포옹이라고 하는 그 단어가 알리스에게서 사라져 버렸다. 알리스는 지금 그걸 원하지만 라이몬트는 이제 떠날 것이다.

내일 아침에 봐. 이렇게 말하며 라이몬트는 알리스의 얼굴을 살피듯 들여다보았다.

그래, 내일 아침에 봐.

마르가레테가 전화하면 나한테 연락할 거지?

그럴게.

약속했어.

그래.

알리스는 그를 문까지 배웅하고는 방으로 돌아와 블라인드를 올리고 창문을 열어 밖을 내다보았다. 시간이 조금 걸렸다. 알리스는 어쩌면 시간이 상당히 오래 걸려서 그가 영영 집 밖으로 나가지 않을 것 같다고 생각했다. 만약 그렇게 된다면?

라이몬트는 집 밖으로 나갔다. 재킷은 어깨에 걸쳤다. 그는 아래층 술집 차양 너머로 사라졌다가 거리 모퉁이에서 다시 나타나 교차로에서 길을 건넜다. 도로 맞은편으로 건너가 공원의 긴 가장자리를 따라 걸었다. 어제 알리스가 마르가레테와 리하르트에게 가던 것처럼. 라이몬트는 어제 알리스의 뒷모습을 눈으로 좇지 않았을까? 어제 알리스는 뒤를 돌아보지 않았다. 그녀는 라이몬트가 걸어가는 것을 바라보았다. 거리에, 공원에, 카페에, 나무 그늘 속 테이블에 있는 그 많은 사람들 중에서 라이몬트는 알리스와 아는 사이였다. 알리스는 그에 대해 여러 가지를 알고 있는 사람이었다. 그러나 이해하고 있는 사람은 아니었다. 라이몬트는 이제 뒤를 돌아 집 쪽을 올려다보고는, 한 손을 들어 흔들었다. 알리스도 손을 흔들어 주었다. 그런 다음 그는 사라졌다.

알리스는 한참이나 더 밖을 내다보았다. 마지막까지 공원에서 놀던 아이들이 집으로 떠났고, 가로등이 켜졌다. 잎사귀들에 가려서 보이지는 않지만 아직도 누군가가 운동장에서 농구 골대에 공을 던져 넣고 있었다. 한 번 더, 한 번 더. 열린 창문, 꽃으로 장식된 발코니, 아스팔트 위로 떨어지는 화분의 물방울. 저물어 가는 해 주위를 열기 품은 구름이 에워싸고 있었다. 내일은 월요일이다. 알리스는 창문을 닫았다. 블라인드를 내리고 전화기를 찾았다. 알리스의 전화기는 침대 근처 바닥에 있었고, 그 옆에는 라이몬트가 펼쳐 놓은

  리하르트

책이 보였다. "가로등은 맥없이 스러져 갔고 간이매점과 광고지가 부착된 기둥은 공중으로 날아갔고, 주변의 모든 것들이 삐걱거리고 치익거리고 부스럭거리면서 노글노글해지고 얇아졌으며 한 줌 먼지로 변해 사라져 버렸다. 시청 종탑의 윤곽은 멀리서 흐물흐물해져 푸른 하늘에 녹아 들어갔다. 낡은 종탑 시계는 다른 모든 것에 섞여 들어가면서도 한동안 하늘에 걸려 있다가 그마저 사라져 버렸다." 알리스는 그 책과 전화기를 들고 주방으로 돌아가 테이블 앞으로 의자를 끌어당겨 앉았다. 그리고 책 옆에 전화기를 놓고 책을 계속 읽었다.

말테
Malte

알리스가 프리드리히를 처음 만난 날은 비가 내렸다. 종일 내리는 보슬비였다. 겨울 하늘을 배경으로 비는 사선을 그으며 내렸다. 11월 중순. 꼭 이런 날 오려고 했던 것은 아니지만 어쨌든 언젠가 베를린에 올 생각이었다고 프리드리히는 말했다. 알리스도 꼭 이런 날을 택하려 했던 건 아니지만 사실 이런 날씨는 그녀가 좋아하는 날씨이기도 했다. 늦잠을 자고 느릿느릿 움직일 수 있는 날이기 때문이다. 그래도 우산은 써야 할 정도의 비였다. 거의 언제나 그렇듯 차는 먼 곳에 주차돼 있었다. 알리스는 일찍 출발했다. 하이힐에 우산을 들고 회색 외투를 걸쳤고, 어깨에 핸드백을 메고 국가 원수라도 방문하는 것처럼 신경을 썼다. 프리드리히는 시내 중심에 있는 호텔 방을 예약했다. 바로 앞에 강이 보이는 곳이었다. 그건 프리드리히의 생각이었다. 알리스는 괜찮은 결정이라고 생각했다. 시내 중심가에 방을 얻는 것은 편리하기도 했다. 강물과 철교가 바라다보이는 호텔이었는데, 철교 안쪽에는 비둘기들이 집을 짓고 살았고, 철교 위로는 동에서 서로 열차들이 오갔다. 탁한 초록색 강물에는 띠 모양의 기름이 반짝였다. 아름다운 슈프레 강, 녹슨 화물 운반선들, 관광용 증기선들, 초라한 예인선들. 모든 것이 40년 전, 그 당시와 똑같았다. 어쩌면 프리드리히는 그 때문에 그 호텔을 택했는지도 모른다.

알리스는 11시경에 호텔에서 그를 데리고 나가기로 했다.

방으로 갈까요?

호텔 로비에서 만나요. 방으로 오지 말고. 내가 현관으로 내려갈게요.

알리스는 프리드리히가 몇 살인지 정확히 알지 못했다. 아마 일흔쯤 되었을 텐데, 아직까지 살아 있다는 것이 놀라웠다. 벌써 세상을 떠났을 수도 있었고, 여전히 그럴 가능성이 높았다. 알리스는 프리드리히에게 전화를 걸었다. 그가 전화를 받았다. 그가 전화를 받았다는 사실에 충격을 받아 알리스는 하마터면 전화를 끊어 버릴 뻔했다. 그의 목소리는 부드럽고 나지막하게 울렸다. 쇠약하기보다는 부드러웠다. 알리스는 심호흡을 하고 나서 말했다. 안녕하세요. 알리스라고 해요. 저를 모르실 거예요. 저는 말테 삼촌의 조카입니다.

프리드리히는 잠시 말이 없었다. 조금 후에 그는 알리스에게 자기 전화번호를 어떻게 알아냈느냐고 물었는데, 그 말투는 상냥하지도 퉁명스럽지도 않은, 사무적인 것이었다.

전화번호부에서요. 알리스는 사실대로 대답했다.

그가 아무 대답도 하지 않은, 아주 짧게 이어진 그 긴장된 순간에 프리드리히는 거의 40년 전을 돌이켜 봐야 했다는 것을 알리스는 알았다. 그는 원했든 원치 않았든 과거로 돌아가야 했다. 갖가지 장애물을 넘어 바로 그날, 자신의 친구 말테가 목숨을 끊었던 그 시간으로. 힘겨운 일이었을까? 알리스는 전화로 프리드리히를 그의 일상에서 끌어낸 것이다. 그가 언제나 하던 일들로부터, 그가 속한 현재의 균형 잡힌 세계로부터. 분별없고 경솔한 태도였다. 어떻게든 알리스가 가능한 한 나직하고 조심스럽게 발음하게 되는 그 이름에 대한 기억 때문에 빚어진 일이었다.

아하, 그런데 무슨 일인가요?

그래도 프리드리히는 아하, 그런데 무슨 일인가요 하고 물었고, 알리스는 거의 경계를 푼 그 말투에 감사 해하며 말했다. 무슨 일 때문인지는 자신도 정확히 모르겠지만 프리드리히를 꼭 한번 만나고 싶다고.

꼭 한번 뵙고 싶었어요. 그냥요. 뚜렷한 이유를 말씀드리기는 어려워요.

프리드리히는 그 말을 이해한 것 같았다. 아니면 아무래도 좋다고 생각하는 것 같았다. 그럼 베를린에 사시나요? 프리드리히가 물었다. 그의 말은, 말테처럼, 말테가 베를린에 살았던 것처럼 당신도 베를린에 사느냐는 뜻으로 들렸다. 말테와는 달리 당신은 죽지 않은 것이 분명하군요 하는 말로 들리기도 했다. 알리스는 자기도 베를린에 산다고 대답하면서 어떤 식물의 모습을 눈앞에 떠올렸다. 반지하 집 창가에 놓인 토기 화분에 담긴 식물이었다. 그 집에서 창밖을 내다보면 빛이 들지 않는 뒷마당이 보였고, 뒷마당에는 재를 쌓아 두는 큰 통들과 양탄자 건조대가 보였다. 화분 주위에는 곤충들이 벗어 놓은 허물이 보였다. 그 순간 알리스 머릿속에 떠오른 그림이다. 왜 그런 것이 떠올랐는지는 알 수 없었다.

그래요, 나는 어차피 베를린에 갈 거니까. 지금도 자주 가는 편이죠. 베를린에서 만납시다. 전화번호를 알려 주세요. 다음번에 베를린에 가면 전화하겠습니다. 프리드리히가 말했다.

그는 약속했다. 그의 목소리에 갑자기 생기가 돌았고 반짝 깨어난 듯한 느낌이었다. 알리스는 전화번호를 알려 주었고, 그는 그 전화번호를 되풀이해 불렀다. 그걸로 끝날 수도 있었다. 하지만 그는 두 달 뒤 정말로 전화를 걸어 왔다.

알리스는 굽이 높은 구두 때문에 비틀거렸다. 그녀는 휘청거리면서 척추 위로 지나가는 짧은 충격에 놀랐다. 시큰거리는 느낌이었다. 다른 신발을 신을걸. 핸드백은 집에 두고 왔으면 좋았을 텐데. 외투는 벌써 빗물이 튀어 얼룩이 졌고 약속 장소에 도착할 즈음이면 핸드백 끈 때문에 어깨 부분이 구겨져 있을 게 뻔했다. 알리스가 원래 프리드리히에게 소개하려는 사람은 분명 알리스 자신은 아니었다. 알리스는 우산을 접고 검은 나뭇가지들을 올려다보았다. 얼굴이 젖었다. 세상이 온통 잿빛이어서 모든 것이 반짝였다. 청소차의 오렌지색, 우편배달 차량의 노란색, 아침 식사를 파는 카페의 김 서린 유리문 뒤로 빛나는 금빛 후광. 덧문들이 소리를 내며 위로 열렸다. 청소부들이 한껏 요란하게 소리를 내며 컨테이너를 집 앞으로 끌어다 놓았다. 공사 설계 도판 뒤로 트랜지스터라디오에서 음악이 흘러나왔고, 철거한 건물 잔해가 수북이 쌓여 있었다. 소방차 사이렌, 하늘을 가로지르는 헬리콥터, 다급한 소음. 여명. 영하의 기온을 겨우 면한 11월의 어느 날. 무슨 일인가요? 무슨 일이죠? 알리스는 그렇게 대답할 수도 있었다. 프리드리히, 사실은 저와 관련된 일이에요. 하지만 그녀는 그렇게 말하지 않았다. 그리고 그를 만나도 그 말을 하지 않을 것이다. 프리드리히도 어차피 알고 있었다.

알리스는 말테를 본 적이 없었다. 40년 전 3월 어느 날, 스스로 목숨을 끊지 않았더라면 말테는 알리스의 삼촌이 되었을 것이다. 알리스는 4월에 태어났다. 삶으로 들어온 것이다. 한 달 뒤였다. 하지만 그때 말테는 이미 푸른 잔디, 돌들, 재스민, 만병초 아래 무덤 속에 누워 있었다. 너는 우리의 어둠에 내려온 빛이야. 알리스의 할머니, 그러니까 말테의 어머니는 명료하고 분명한 글씨체로 자신의 달력에 그렇게 적어 두었다.

알리스는 고개를 흔들며 혀를 찼다. 자신이 누군가의 어둠에 빛이 되다니. 이제 차가 보였다. 개나리가 줄지어 피어 있는 곳 뒤 천문관 옆에 어제 세워 둔 차가 그대로 서 있었다. 자신이 주차한 그 장소에서 자기

차를 다시 발견할 때마다 알리스는 놀랐다. 와이퍼 밑에 전단지가 꽂혀 있었다. 그 전단지를 꽂아 놓은 사람은 이미 자동차 열 대쯤 앞에 가 있었다. 검은색 운동복을 입은 비쩍 마른 집시였다. 어깨를 드러낸 그는 오른쪽 다리를 질질 끌면서 큰 소리로 알아들을 수 없는 설교를 내뱉고 있었다. 엄청나게 분노하고 있거나 뭔가에 도취되어 있거나, 그 둘 다일 수도 있었다. 천문관의 둥근 돔이 비에 젖어 반짝였다. 겨울 잔디밭 위에 살찐 까마귀들이 있었고, 풀밭 가장자리를 따라서 전차의 달그락거리는 소리가 들렸다. 알리스는 집시 남자가 모퉁이를 돌아 새로 지은 주거 지역 쪽으로 사라질 때까지 기다렸다. 그는 천천히 다리를 끌며 주차된 자동차들 앞 유리에 전단지를 끼워 놓고는 가끔씩 하늘을 올려다보았다. 알리스는 그의 눈길을 좇았다. 볼만한 건 아무것도 없었다. 비구름은 잉크처럼 어두웠다. 알리스가 늘어선 자동차들 쪽으로 다시 눈길을 돌렸을 때 그는 사라졌다. 와이퍼 밑에 놓인 붉은 플라스틱 명함에는 모르는 사람 전화번호가 적혀 있었다. 알리스의 차에 관심 있는 사람이었다. 알리스는 무심하고도 느긋하게 핸드백 속에서 차 열쇠를 찾아 차 문을 열고 명함을 조수석에 놓은 뒤 그 옆에 핸드백을 놓았다. 언제나 그렇듯 차 문을 너무 세게 닫았다. 일본 마분지로 만든 것처럼 작은 일제 차였다. 룸미러에는 행운 부적이 매달려 있었다. 실을 엮어 만든 그물에 갈색과 흰색 깃털이 달린 장식이었다. 기어 옆에 놓인 받침 위에는 껌 은박지, 주차 표, 동전들이 있었고 눅눅한 플라스틱 냄새가 났다. 완전히 개인적인 공간이었다. 무슨 이유에선지 알리스는 눈물이 났다. 어쩌면 그저 피곤해서였는지도 모른다. 알리스는 열쇠를 꽂고 시동을 켠 뒤 주차 공간에서 차를 어설프게 빼냈다. 집시 남자는 보이지 않았다. 와이퍼가 젖은 유리 위로 움직이면서 낮은 소리로 찍찍거리며 깨끗한 반달 모양을 그렸다.

알리스는 말테에게 운전면허가 없었다는 사실을 알았다. 1960년대 말 서베를린에서였다. 알리스가 아는 한 말테는 운전을 못했고, 배우려고 했는지는 모르지만 결국 배우지 못했다. 할 일이 너무 많았기 때문이다. 말테는 야외 수영장에 가는 것을 즐겼다. 프린첸바트에 가서 수영을 했다. 6월부터 8월까지 날마다 프린첸슈트라세에 있는 옥외 수영장에서 시간을 보냈다. 담배를 피웠던 것은 물론이다. 가바티 칼리프였나? 체크무늬 셔츠를 입고 있었다. 폭이 좁은 바지와 함께.

　　　　　　　　　　　　　　　　　　　　말테

당시 지하철 승차권은 50페니히였다. 바지 주머니에는 예쁜 동전들이 들어 있었고, 승차권은 두꺼운 마분지로 만들어져 있었다. 지하철은 프린첸슈트라세에서 총탄 자국이 가득한 잿빛 건물들 사이로 올라가다가 비텐베르크플라츠 앞에서 지하로 들어가서, 크루메 랑케* 바로 앞에 가서야 다시 지상으로 나왔다. 첼렌도르프였다. 말테는 첼렌도르프에 있는 어머니 집에 살았다. 라일락과 딱총나무가 있는 삼층집이었고, 집 뒤에 베란다가 나 있었다. 말테가 열여덟 살, 프리드리히는 그보다 열 살 위였고 전쟁은 20년 전에 끝나 있었다. 수풀은 훌쩍 자랐다. 민들레도 마찬가지였다. 정원 전체가 잡초로 뒤덮여 있었다. 그 거리의 이름은 발트휘터파트였다. 전철역 이름은 엉클 톰스 휘테**였다. 호수 주변에는 억새들이 자라 있었다. 노를 젓는 보트가 한 척 있었는데 이름은 마오리였다. 민들레, 통통한 클로버 잎들 사이로 수풀이 웃자란 풀밭에서 고양이가 놀곤 했고, 고양이 이름은 푸미였다. 긁힌 자국이 있는 유리잔에 담긴 레모네이드. 별빛 찬란한 밤들. 말테는

* 베를린에 있는 호수.
** 미국 소설 『톰 아저씨의 오두막집』 제목에서 따온 독일어 이름.

프리드리히를 사랑했다. 그리고 프리드리히는 말테를 사랑했다. 그것이 알리스가 아는 한 줌의 단어들이다. 그 밖에도 또 다른 감각적인 인상들이 있었다. 전나무의 향기, 호수의 물, 햇볕으로 뜨거워진 고양이 털가죽 같은 것들. 알리스는 자기가 들은 이야기들로 그런 것들을 알아냈다. 그러나 알리스가 들은 건 그리 많지 않았다. 사진을 털어 나온 내용은 다음과 같았다. 뒷다리를 길게 뻗은 채 머리를 카메라 쪽으로 향하고 있는 풀밭의 고양이. 그 고양이는 모든 것을 다 안다는 듯한 고양이 특유의 오만한 표정을 짓고 있었다. 푸미는 알리스의 할머니가 사진 밑에 크레용으로 적어 놓은 이름이었다. 담배를 피우고 있는 말테의 사진도 있었다. 체크무늬 셔츠를 입고 베란다에 서 있는, 머리카락이 이마와 눈을 덮은 스무 살 때 사진이었다. 3년 뒤 알리스가 세상에 태어났다. 호수 사진도, 보트 사진도 없었다. 호수와 보트는 알리스가 스스로 알아낸 것들이다. 마오리라는 단어는 훌륭하고 멋지게 들렸다. 더위 속 입맞춤, 살갗과 머리카락, 오로지 한 사람만을 생각하고, 절망하고, 반하는 것. 말테가 왜 목숨을 끊었는지 알리스는 알 수 없었다. 이상하게도 누구도 알리스에게 그 이유를 말해 주지 못했다. 거기에 대해 물으면 다들 눈을 동그랗게 뜨며 광대 같은 표정을 지었다. 누구도 몰라. 아는 게 아무것도 없어. 우울증, 마음의 상처, 한계를 넘어선 불쾌감? 삶이 피곤했던 거지. 살기 지쳤던 거야. 하지만 어떻게 그런 일이 있을 수 있을까?

알리스는 일제 차를 몰아 천문관 앞 좁은 도로에서 하웁트슈트라세 쪽으로 서서히 달려, 거의 눈을 감은 채 출근 차량 속으로 섞여 들어갔다. 행운 부적은 슬로모션으로 움직였고, 기어 옆 받침에서는 동전들이 서로 부딪쳐 소리를 냈고, 신호등 불빛은 빨갛게 반짝였다. 왜 이제 와서 프리드리히에게 전화를 걸었는지 누가 묻는다면 알리스는 설명할 수 없었다. 바로 이해, 이 가을에 왜 그랬는지 말이다. 이유가 있다면, 프리드리히도 알리스 자신처럼 한 해 한 해 나이를 먹어 간다는 것이었다. 사람들은 어느 날 갑자기, 하루아침에 그림 속에서 사라져 버릴 수 있기 때문에, 아마도 그 때문에 전화를 걸었다고 해야 할 것이다. 알리스는 프리드리히라는 이름을 처음 들었을 때부터 줄곧 그를 생각해 왔다. 프리드리히는 말테 이야기의 한 부분이었지만, 가족에 속하지는 않았다. 그것이 그를 특징짓는 요소였다. 그는 거리를 두고 서 있었다. 그런 사람은 프리드리히밖에 없었다. 그는 치우고 정리하는 일과 관련이 있었다. 앞으로 밀어내 버려도 되는 추측이 무엇인지, 계속해서 간직할 수밖에 없는 추측이 무엇인지 알아 두고자 하는 다른 사람들의 희망과 관련이 있었다. 또 다른 추측을 만들어 내는 대신 이제까지의 추측을 없애 버리는 것. 연관 관계를 깨닫거나 어떤 연관 관계도 존재하지 않는다는 사실을 깨닫는 것. 그저 추정일 뿐 사실이 아닌 관계들. 물그림자 같은 허상들. 기온, 광선, 계절의 변화에 불과한 것들.

알리스는 북동쪽에서 서쪽으로, 방송 송신탑의 뾰족한 끝 쪽으로 대로를 따라 차를 몰았다. 차들이 정체되어 있다가 다시 천천히 굴러가기 시작했다. 어느 카페 유리창 안쪽에서 한 여자가 터틀넥 스웨터를 벗다 묶은 머리가 스웨터 목에 걸리는 모습이 보였다. 여자가 안에 받쳐 입은 블라우스는 바랜 핑크색이었다. 여자는 높은 의자의 발 받침대를 두 다리로 감고 있었다. 어떤 건물 입구에서는 일꾼 하나가 콘크리트 믹서기를 돌리다가 서서히 멈추고 장갑을 벗고 있었다. 도로가에 선 택시 안에서는 기사가 머리를 가슴께로 떨어뜨린 채 자고 있었다. 휴경지, 지붕이 내려앉은 차고, 주유소, 철제 밧줄에 매달려 흔들리는 플라스틱 호랑이.

                                                            말테

비즈니스호텔, 관광호텔, 지붕 밑 방들, 공장들. 벽 전체가 유리창이어서 안이 들여다보이는 공간에서는 사람들이 모두 머리를 모니터를 향해 쳐들고 러닝머신 위를 걷고 있었다. 모니터에서는 빠른 속도로 장면들이 계속 바뀌었다. 광고판이었다. 스모크 피시. 플레이 유어 히어로스. 우브 쾨니히. 뱅 뱅 나이트 이즈 오버. 거무스름한 단풍나무 잎. 플라타너스의 회녹색 둥치. 까마귀 또는 갈까마귀. 붉은 신호등. 알리스 바로 옆에 선 차 안에서는 여자가 손톱을 다듬으면서 왼쪽 어깨로 휴대전화를 받친 채 통화를 하고 있었다. 아마도 지친 나머지 느릿하게 작별 인사를 나누는 것 같았다. 여자는 신경질적으로 클러치를 밟고 출발했다. 여자는 길을 꺾었고 알리스는 직진했다. 신문사 편집국의 높은 건물 쪽으로, 교사의 집과 여행의 집 쪽으로 달렸다. 전차는 교차로를 가로질렀다. 전차 정류장 지붕 밑에서 아가씨 하나가 핸드백 속에서 오랫동안 뭔가를 찾고 있었다. 아주 작고 값을 매기기 어려운 가치를 지닌 물건인 것 같았다.

그리고 프리드리히. 그사이 프리드리히는 강변의 호텔에 도착해 있었다. 그가 알지 못하는 알리스를 만나기 30분 전이었다. 그는 알리스를 이제까지 한 번도 본 적이 없고 알리스에 대해서 아무것도 아는 것이 없었다. 그 긴 세월 동안. 프리드리히는 어떻게 생각할까. 장난스럽게 받아들일까, 아니면 진지하게 받아들일까. 어쩌면 그에게는 아무 일도 아닐 수도 있었다. 어쩌면 자기와는 아무 상관없는 일이라고 생각할지도 몰랐다. 그래도 약간 관심은 있을 것이다. 그게 전부였다. 알리스는 그렇게 생각했다. 알리스는 프리드리히의 방을 상상해 보았다. 넓은 미국식 침대가 있는 1인실. 창가에 안락의자가 있고, 와인색 양탄자가 깔려 있고, 짧은 여행을 위한 가방이 놓여 있고, 그 옆 벽에는 옷걸이에 건 외투가 걸려 있을 것이다. 마린 블루 빛의 가벼운 외투일지도 모른다. 객실 문 옆 납 액자에는 화재 발생 시 대피로가 들어 있을 것이다. 대피로에는 빨간색으로 '현 위치'가 표시되어 있겠지. 그래, 만일에 대비해야 하니까. 문손잡이에 걸린 룸서비스용 종이에는 '방해하지 마시오'라고 쓰여 있을 것이다. 방음창, 에어컨 돌아가는 소리. 침대 옆 작은 탁자에는 램프와 나란히 전화기가 놓여 있고, 호텔 이름이 찍힌 메모지와 연필, 그리고 검은색과 황금색 포장지에 싸인 다크 초콜릿 조각이 놓여 있을 것이다. 호텔 현관에 도착하면 전화드리겠습니다. 그래도 될까요? 알리스는 그렇게 말했다.

말테는 죽기 얼마 전 첼렌도르프에 있는 집을 떠났다. 베란다와 고양이와 민들레가 있는 집이었다. 그는 크로이츠베르크에 있는, 동요에 나오는 것처럼 아이젠반슈트라세*라고 불리는 거리에 방 하나짜리 집을 얻어 혼자 살았다. 프리드리히는 어디에선가 대학을 다녔고, 두 사람은 편지를 교환하며 어쩌다 한 번씩 만났다. 거의 텅 빈 방. 침대 하나에 테이블도 의자도 없고, 스탠드 옷걸이만 하나 서 있었다. 거기에 철사 옷걸이에 건 푸른 셔츠가 걸려 있었고, 두 번째 옷걸이에는 검은 바지가 걸려 있었다. 철제 램프, 녹음기, 녹음 테이프들, 라디오, 바닥에 놓인 전축, 바닥에 대충 쌓아 놓은 책들, 라이츠 파일, 아령. 사진첩들, 음반들. 말테의 방. 그는 죽을 때까지 부담스러운 성향이었다고 사람들이 말했다. 그 말을 다른 사람들이 했던가? 아니면 그 스스로가 자신에 대해 그렇게 말했던가? 알리스는 도로 표지판에 전혀 신경을 쓰지 않고 강변도로로 차를 몰았다. 숨을 내쉬면서 알리스는 드디어 클러치에서 발을 뗐다. 거의 40년 전에 건물 관리인은 말테 집

*   독일어로 '전찻길'이라는 뜻.

의 자물쇠를 부수고 들어가야 했다. 열쇠가 안쪽 자물쇠에 걸려 있었고 두려움에 차서 계속 문을 두드려 대는 어머니에게 말테가 아무런 응답도 하지 않았기 때문이다. 문이 열렸을 때는 너무 늦었다. 끝이었다. 모든 것이 지난 일이 되어 버렸다.

말테가 어떻게 자살을 했던가? 진통제였다. 바르비투라테.* 마오리와 비슷하게 들리는 단어였다. 당시에 바르비투라테는 의사 처방전 없이 살 수 있는 약이었다. 오늘날에는 처방전이 있어야만 살 수 있다. 그것이 알리스가 아는 전부였다. 끝. 생각은 여기서 끝났다. 일제 차를 호텔 앞 주차 금지 구역에 세우고 무릎에 핸드백을 올려놓은 채 맥박이 뛰는 눈두덩을 손가락으로 누르고 있는 알리스와, 호텔 방에서 강을 내려다보며 전화벨이 울리기를 기다리고 있는 프리드리히, 그리고 최후의 순간 자신을 위해 어둠 속의 빛이 되어 줄 이가 아무도 없었던 말테, 이 세 사람 사이에 섬세한 끈이 있었다. 거미줄처럼 섬세하게 연결된 끈. 이 일에 대해 뭔가를 생각해 보려고 알리스가 애쓰는 그 순간에도 세 사람을 묶어 주는 끈이었다. 알리스는 차 문을 열고 차

* 중추신경계를 억제하는 의약품인 '바비튜레이트'의 독일식 발음.

에서 내렸다.

알리스의 방에는 창가 벽에 세워 놓은 그림이 있었다. 부엉이였다. 심연의 소용돌이 앞에서 두 날개를 활짝 펼친 부엉이. 말테가 그린 그림이었다. 잘 그린 그림인지 아닌지는 판단할 수 없었다. 그건 중요하지 않았다. 때로 알리스는 테이블 앞에 앉아 그 부엉이를 바라보았다. 그러면서 자기도 모르게 고개를 옆으로 기울였다. 그런 다음 자리에서 일어나 다른 일을 했다.

호텔 프런트 위쪽에는 역에 걸어 두는 커다란 벽시계의 금빛 바늘이 정시를 알리고 있었다. 가죽과 가구용 왁스 냄새가 났고, 유리 접시에는 페퍼민트 사탕이 놓여 있었다. 알리스는 말했다. 안녕하세요, 34번 룸에 연락 좀 해 주시겠어요? 알리스는 프런트 위에 왼손을 올려 자신의 존재를 인식시키려 했다. 접힌 우산에서 빗방울이 타일 바닥으로 똑똑 떨어지는 소리를 알리스는 들을 수 있었다. 호텔 직원은 귀 모양이 이상했다. 구부러진 귓바퀴는 덜 자란 것 같았고 머리카락은 손톱 가위로 자른 것처럼 보였다. 하지만 제복에 붙은 이름표는 은빛으로 반짝였다. 그는 알리스를 한동안 무시했다. 커다란 장부에 연필로 선과 원을 그리고 있었는데, 엄청나게 진지한 태도였다. 알리스는 그가 정확하게 무엇을 하는지 볼 수 없었다. 조식 뷔페에서 접시들이 요란하게 부딪히는 와중에 여직원 두 명이 진열했던 음식들을 정리하며 손빗자루로 테이블을 쓸고, 구겨진 신문들을 한데 모았다. 무질서, 어수선한 분위기, 거친 웃음소리. 호텔 직원은 고개를 돌린 채 뭐라고 혼잣말을 중얼거렸다.

해 주실 수 있나요? 알리스가 물었다.

물론입니다. 직원이 대답했다. 무한한 인내심을 담은 온화한 어조였다. 그는 알리스에게 아주 짧은 시간만 할애하고 싶어 하는 듯했다. 아주 짧은 시간. 알리스는 그 시간에 모든 것을 다시 한번 달리 생각해 볼 수도 있었다. 포기하고, 철회할 수 있는 시간. 하지만 난 그런 건 배운 적 없어. 알리스는 생각했다. 유감이지만 이제 돌이키는 건 불가능해. 알리스는 미소를 짓지 않고, 왼쪽 눈꺼풀이 실룩거리는 것을 느끼면서 눈에 띄지 않게 프런트에 얹은 손을 내려놓았다. 윤기 나게 닦아 놓은 나무 상판 위에 물기를 머금은 손자국이 찍혔다가 알리스가 바라보는 동안 희미해졌다. 호텔 직원은 두꺼운 장부를 닫고 연필을 그 옆에 놓았다. 직원은 무성영화에서처럼 수화기를 높이 쳐들고 번호를 누른 뒤 프런트 너머로 알리스에게 수화기를 건네주었다. 알리스는 몹시 화가 나서 거부하는 시늉을 했다. 그러다가 하마터면 직원 손에 들린 수화기를 밀쳐 버릴 뻔했다.

알리스가 왔다고 말해 주세요. 알리스가 속삭이듯 말하자 직원은 눈썹을 치켜올리고는 멀쩡한 귀에 수화기를 대고 가만히 듣고만 있었다. 아무도 전화를 안 받나? 문을 부수고 들어가야 하나? 프리드리히는 모든 것을 다시 한번 심사숙고할 시간이 필요했을까? 포기야 진작 배웠을 게 분명했다.

알리스는 프리드리히가 바로 이 순간 안락의자에 앉아 있다가 곁에서 갑작스럽게 울리는 전화벨 때문에 깜짝 놀라 움찔 했으리라는 것을 알았다. 전화벨이 울리기를 기다리고 있었는데도 말이다. 바로 그 때문에 더 놀랐을 것이다. 갑작스러운 놀람. 심장박동. 헛수고에 대한 이론적 인식.

알리스 씨가 오셨습니다. 호텔 직원이 말했다. 거의 급박한 어조였다. 직원은 자신이 해야 할 말을 알리스에게 들어 알고 있었다. 그는 고개를 끄덕이고 수화기에 좀 더 귀를 기울이더니 보일 듯 말 듯 괴로워하는 표정을 드러내며 미소를 지었다. 그러고는 수화기를 내려놓았다. 그는 알리스를 꿰뚫을 듯한 시선으로 바라보며 말했다. 현관으로 오신답니다. 지금 바로요.

　알리스는 어디로 가야 할지 알지 못했다. 그녀는 오른쪽으로는 긴 탁자와 프런트가 있고 왼쪽으로는 조식 레스토랑이 있는 현관 한가운데, 엘리베이터 바로 앞에 서 있었다. 엘리베이터 주변에는 아래로 내려올수록 폭이 넓어지는 카바레식 계단이 있었는데, 디딤판은 황금색이고 목제 난간은 어두운색이었다. 프리드리히가 엘리베이터를 타고 내려올 것인가 계단으로 내려올 것인가? 이렇게든 저렇게든 어쨌거나 그는 등장할 것이다. 엘리베이터는 3층에 머물러 있었다. 엘리베이터 문 위로 보이는 디지털 계기판 숫자는 3에 멈춰 꼼짝도 하지 않았다. 깨끗이 닦인 검은색과 흰색 바둑판무늬 도자기 타일에는 알리스의 구두와 우산에서 떨어지는 물이 뚜렷한 흔적을 남겼다. 백발의 여자 청소부가 때 묻고 구겨진 세탁물로 가득한 카트를 밀고 프런트 앞을 지나 긴 복도 쪽으로 내려갔다. 호텔 창밖으로 우산들이 움직이는 것이 보였다. 벌써 날이 저무는 느낌이었다. 호텔 직원은 피곤한 어린애처럼 하품을 했다. 그는 은박지에 싸인 껌을 꺼내 돌돌 말아 입 속으로 집어넣고 천천히 그 맛을 음미했다. 젊은 여직원들이 조식 레스토랑에서 테이블 밑으로 무릎을 꿇고 들어갔다. 그들은 테이블보와 꽃 장식, 계피 과자, 말라버린 오렌지 조각들을 정리했다. 머리가 서로 부딪치자 그들은 땋아 내린 머리카락을 양손으로 팽팽하게 잡아당겼다.

알리스는 핸드백을 오른쪽에서 왼쪽 어깨로 옮겨 메고 우산을 왼손에 들었다. 그러면서 할머니를 생각했다. 알리스의 할머니는 오로지 당신 한 사람만을 위해 화려하게 차려진 넓은 홀의 식탁에 앉아 있는 꿈을 되풀이해서 꿨다. 정교하고 섬세한 도자기 수프 접시 뚜껑을 열면 발이 여러 개 달린 희한한 까만 벌레 한 마리가 몸을 좍 펼치며 번쩍이는 더듬이를 재빨리 뻗치는 꿈이었다. 촉수. 철사처럼 휘감는. 알리스의 할머니는 가을날 정원에서 호두나무 잎사귀를 갈퀴로 긁어모으는 일을 좋아했다. 가죽으로 만든 것 같은 잎사귀들, 흙과 기름 냄새. 해거리를 하는지 쭈글쭈글 마른 호두가 열렸지만 개수는 상당히 많았다. 호두 알들은 창가 신문지 위에 놓였고, 점심때 태양이 그 쭈글쭈글한 껍질을 한 시간 동안 비췄다. 할머니는 처음 올라오는 어린 해바라기 줄기들을 막대기로 받쳐 주고 줄기

와 막대기를 실로 묶어 놓았다. 할머니가 낮잠을 자고 나서 주방으로 내려올 때면 청동 팔찌가 계단 난간에 부딪쳐 달그락거리는 소리를 냈다. 할머니는 바나나가 신경을 튼튼하게 해 준다고 믿었다. 저녁이 되면 할머니는 나폴레옹 페이션스*를 했는데 패가 마음에 들지 않으면 상심해서 그 기분을 잊으려고 프랑스어 문법책을 들춰 보았다. 졸려서 눈이 감길 때까지 노랗게 바랜 책장들을 사각거리며 넘겼다. 그런 다음 할머니는 주철 램프 갓 아래 스위치를 더듬거리며 찾았다. 그 램프는 할머니의 어머니 것이었고, 그 후 말테가 쓰다가 결국 다시 할머니의 것이 되었고, 지금은 알리스가 쓴다. 알리스의 할머니는 집에서 죽고 싶어 했지만 병원에서 세상을 떠났다. 숨을 거두기 전에 할머니는 단호하고 급하게 뭔가 말을 했지만 알리스는 한마디도 알아들을 수 없었다. 간호사들이 틀니를 못 끼게 했기 때문이다. 몸에 경련이 일어나 질식할지도 모른다는 이유 때문이었다. 그게 끝이었다. 나중에 할머니가 입고 있던 옷, 니트 재킷 한 벌과 신발 한 켤레, 청동 팔찌가 비닐봉지 안에 담겨 왔다. 다음 날 안치실에서 다시 한번 작별을

* 　혼자서 하는 카드 게임.

고할 수 있다는 연락을 받았지만 알리스는 거절했다.

할머니는 알리스가 프리드리히를 만나는 데 대해 아무 언급도 하지 않았을 것이다. 찬성이라거나 반대라거나 어느 쪽으로도 얘기하지 않았을 것이다. 나이가 들면서 할머니는 겸손하고 행복해 보이는 사람이 되었다. 프리드리히는 계단으로 내려왔다. 노인이었다. 백발은 너무 고와 윤기가 흐를 정도였다. 알리스는 속으로 놀랐다. 젊은 프리드리히를 상상했기 때문이다. 40년 전의 프리드리히를 상상했던 것이다. 말테가 죽었을 때부터 프리드리히는 나이 드는 것을 멈추었을 거라고 알리스는 생각했다. 그때 그의 이야기는 끝났다. 그리고 알리스의 이야기가 시작되었다. 알리스는 프리드리히에게 사과에 가까운 몸짓을 보였고 프리드리히는 마지막 계단을 내려와 알리스 쪽으로 다가왔다. 그는 주의 깊고 확고한 시선을 알리스에게 보냈다. 알리스는 프리드리히가 실망했다는 것을 느꼈다. 알리스에게는 말테를 닮은 구석이 없었기 때문이다. 아주 사소한 공통점도 없었다. 프리드리히가 40년 전 어떤 모습이었는지 되짚어 보는 것도 어렵긴 마찬가지였다. 베란다 위. 빛, 어둠, 빛이 계속 뒤바뀌며 그의 윤곽을 비췄다. 하지만 두 사람은 그럼에도 서로를 바라보았다. 악수를 했다. 손을 맞잡으니 용기가 났다. 그것이 그들에게 남아 있는 것이었다. 자, 잠깐 밖으로 나갑시다. 프리드리히가 말했다. 그의 시선은 부드러웠다. 목소리는 사려 깊게 들렸고, 미소도 그랬다. 우산을 가져왔네. 프리드리히는 더 이상 알리스에게 거리감을 느끼게 하는 깍듯한 존칭을 쓰지 않았다.

두 사람은 강변을 따라 걸었다. 유람선에서 관광객들을 안내하는 가이드의 목소리가 바람에 날리고 조각조각 흩어졌다. "예전에는 여기 있었습니다. 전에는 그랬죠. 앞으론 그럴 것이고 현재는 이렇습니다." 알리스의 우산 밑으로 들어온 프리드리히는 이따금 우산 밖으로 얼굴을 내밀어 비를 느꼈다. 그는 알리스보다 키가 작았다. 두 사람은 천천히 걸었다. 프리드리히는 뭔가가 담긴 비닐봉투를 들고 있었다. 푸른 양복 차림에 외투는 입지 않았다. 알리스가 우산을 씌워 주지 않으면 그는 해체되어 사라져 버릴 것 같다고 알리스는 생각했다. 푸른색, 진한 청색, 히아신스 색, 연보랏빛 수국 색으로 번져 나가다 서서히 사라져 버릴 것만 같았다. 비둘기들이 날아올랐다. 유람선이 떠나고 들어온다는 신호였다. 강물이 종이와 병 같은 쓰레기를 안고 강둑에 부딪쳤다. 눈물의 궁전 앞에는 까마귀들이 모여 있었다. 이번에는 보데 박물관에 가 보려고 해. 지난번에는… 프리드리히는 여기까지 말하고 잠시 멈췄다. 갈 수가 없었거든. 하지만 오늘 오후에는 가 볼 거야. 같이 가자는 얘기는 아니었다.

두 사람은 어둠침침한 어느 카페의 유일한 손님으로 마주 앉았다. 알리스와 프리드리히는 홍차를 마셨다. 둘 다 설탕도 우유도 넣지 않았다. 계산대 뒤에서 종업원이 책을 읽고 있었다. 프리드리히의 부탁으로 그녀는 라디오를 껐다. 계산기기 컴퓨터 모니터에는 얼음 결정체 무늬가 지루하게 돌고 있었다. 알리스는 때때로 프리드리히를, 깃털처럼 부드러워 보이는 그의 백발을 바라보았다. 그의 안경은 반사되었고 가무잡잡한 피부는 단정하게 면도가 되어 있었다. 입가에는 권태와 오만이 엿보였다. 어린애 같은 짜증도 서려 있었다. 그는 무엇을 삼키는 데 어려움이 있었다. 규칙적으로 기침을 했다. 그의 두 손은 부드럽게 보였고, 손톱은 아주 깔끔하게 다듬어져 있었다. 손가락에 낀 반지에는 떠오르는지 지는지 모를 해 문양이 새겨져 있었다. 말테가 살아 있다면 지금 어떻게 보일까? 알리스는 생각했다. 그는 어떤 기분일까? 그리고 어떤 상태일까. 알리스의 게이 삼촌. 아이는 없었다. 결혼도 하지 않았다. 오래된 나무로 만든 긴 테이블, 염료와 테르펜틴, 니스 냄새, 목탄, 손으로 만 담배들, 색이 바래고 양피지처럼 얇아 속이 비치는 담배 종이. 검은색의 마른 가루담배는 약간 자극적인 냄새를 풍겼다. 오른손 검지와 중지 손가락 끝부분이 노랗게 물이 들어 있었다. 삶의 끝을 향하는 분위기. 그는 종이, 잔, 재떨이, 목탄을 옆으로 밀어 놓고 테이블 위에 알리스를 위한 자리를 만들었다. 사랑에 대한 고민 때문에 프리드리히에게 온 것 같다고 알리스는 생각했다. 냉소적이지만 간결하고 위로가 되는 이야기를 얻어 갈 수 있을 것 같았다. 어떤 충고를 말이다. 그러면서 알리스는 자신이 말테를 그리워한다는 사실을 놀라운 심정으로 깨달았다. 그가 세상과 결별하며 알리스의 인생으로 들어왔다는 사실도 깨달았다. 아무 목적 없는 만남이라고 생각했던 것은 착각에 불과했다.

아버지는 어떻게 지내시지? 프리드리히가 물었다. 그의 눈길은 알리스를 비껴가 창밖을 향했다. 잠깐, 그렇지, 그러니까 네 아버지, 크리스티앙. 말테의 형 말이야.

잘 지내세요. 알리스는 기계적으로 대답했다. 잘 지내고 계세요.

알리스는? 프리드리히는 알리스가 그녀의 할머니와 이름이 같다는 사실을 잊어버린 듯 알리스의 할머니에 대해 물었다. 그렇다. 그건 같은 게 아니었다. 똑같은 이름이 아니었다.

할머니는 벌써 오래전에 돌아가셨어요. 알리스가 말했다. 속으로는 말을 더듬었지만 알리스는 짧고 건조한 단어만 내보냈다. 그게 간단하지는 않았다. 마치 자기 자신에 대해서 말하는 것 같았기 때문이다. 한 번도 그렇게 간단했던 적이 없었다. 할머니는 벌써 20년 전에 돌아가셨어요. 그건 엄청난 일이었다. 알리스는 다시 한번 그렇게 말할 수밖에 없었다. 알리스 할머니는 20년 전에 세상을 떠났다. 하지만 할머니는 그리 오래 병석에 계시지는 않았어요. 돌아가시기 직전까지 건강하셨죠.

다행이군. 프리드리히가 말했다. 아주 상냥한 분이었는데. 네 할머니 말이야. 정말 상냥하고 현명하고 참을성 많은 분이었지. 참 어려운 삶을 사셨는데도 믿을 수 없을 정도로 인내심이 강하셨어. 꼭 말테 때문에만 힘드셨던 게 아니었으니까.

알리스의 할머니는 상냥하지 않았다. 참을성이 많지도 않았다. 그건 전혀 맞는 말이 아니었다. 그러나 알

리스는 반박하지 않았다. 말테의 어머니로서의 할머니
는 알지 못했으니까. 발트휘터파트의 베란다에 나가
서 있던 할머니의 젊은 날에 대해서는 상상도 할 수 없
었다. 그녀의 발치에서는 털이 엉클어진 고양이가 가
르릉거렸다. 반세기 전 알리스 할머니의 두 손. 당시 그
녀의 목소리, 말테의 목소리. 그녀의 몸짓, 그녀의 매
력, 사라져 간 온갖 좋은 의도들. 두 아들이 마침내 어
른이 되었을 때 그녀는 병이 들었다. 말테와 크리스티
앙은 발트휘터파트의 집을 팔았다.

그 모든 것 중에서 남은 것은 아무것도 없었다. 부
엉이 그림, 의자 세 개, 주철 램프 하나, 이런저런 음반
들, 아령 한 쌍만 남았다. 결국은 이것들도 사라지고,
쓸려 가고, 무엇에 의해선가 휩쓸려가 버렸다. 어때요?
알리스는 매년 아버지와 함께 묘지로 갈 때면 그렇게
물었다. 그들은 돌보는 사람 없는 말테의 묘 앞에 있는
붉은 플라스틱 덮개 안 초를 세워 놓기 위해 묘지로 갔
다. 두 사람은 해마다 그 집 앞에 머물렀고 알리스는 출
입문 옆 창문을 통해 낯선 사람들의 가구들이 놓여 있
는 거실을 통해 정원의 뒤쪽까지 몰래 들여다보았다.
아무것도 파악하지 못한 채. 베란다에 한번 앉아 볼 수
도 없었다. 단 한 번도. 아빠가 태어나서 자란 집 앞에

　　　　　　　　　　　　　　　　　　　　말테

서 있는 기분이 어때요? 그리고 거기에 이제 다른 사람들이 살고 있잖아요? 알리스의 아버지는 어쩔 수 없다는 듯 양손을 쳐들었다. 내가 뭐라고 하겠니?

우리가 만나기로 한 걸 아버지가 알고 계시나? 프리드리히가 이렇게 물으며 종업원에게 손짓했다. 그녀는 곁눈으로 그의 손짓을 보고 일찌감치 일어서긴 했지만, 읽던 페이지를 끝까지 읽은 뒤에 책을 덮었다.

아뇨, 누구도 몰라요. 하지만 어떤 이유가 있어서 그런 건 아니에요. 그냥… 제 일이니까요. 제가 원해서 한 일이니까요. 알리스가 이렇게 대답하자 프리드리히는 고개를 끄덕였다. 그도 같은 생각이었다.

자, 그럼. 홍차 두 잔 계산해 주세요. 종업원은 테이블 앞에 와서 섰다. 프리드리히가 불러서가 아니라 마치 이 만남을 이제 끝내기 위해 어디선가 다른 곳에서 위촉을 받고 온 것 같았다. 종업원은 왼손에 지갑을 펴 들고 오른손을 왼쪽 손목에 맥박이 뛰는 곳을 보호하듯 올려놓고 있었다. 알리스는 핸드백 쪽으로 몸을 굽혔고 프리드리히가 찻값을 지불했다. 그는 아주 적당하게 팁을 주었다. 프리드리히는 종업원을 거의 쳐다보지 않았고 관심도 전혀 보이지 않았다. 종업원이 힘주어 지갑을 닫자 동전들이 짤랑거렸다. 그럼, 좋은 하루 되세요. 비가 그치면 좋겠네요.

주려고 가져온 게 있어. 프리드리히가 말했다. 푸른 마분지로 된 작고 두꺼운 서류철이었다. 프리드리히가 비닐봉투에 담아 들고 온 것이었다. 그는 서류철을 테이블 위에 올려놓았지만 펼치지는 않았다.

말테의 편지들이었다. 말테가 나한테 보낸 편지들이야. 그 당시에 썼던 것들이지. 말테가 죽기 전까지. 읽어 봐. 알고 싶어 하는 모든 것이 이 안에 들어 있을 거야. 사실 모든 것이 들어 있어.

네. 프리드리히는 다시 한번 잘 생각해 보려는 듯 푸른 서류철을 쳐다보더니 다시 봉투 안에 집어넣어 알리스 쪽으로 밀어 놓았다. 알리스는 양손을 무릎에 올려놓고 있었다.

이 편지들은 말테가 죽은 뒤로 줄곧 은행 금고 안에 들어 있었어. 이제 나도 늙어 가고, 언제 쓰러질지 모르지. 의식이 없어지거나. 그렇게 되면 누가 날 발견하는지 모를 일이야.

프리드리히는 일어나서 의자를 다시 테이블 쪽으로 밀어 넣었다. 그의 목소리에는 조금도 동요하는 기색이 없었다. 일부러 감정을 억제하려고 노력하는 것 같았다.

　　　　　　　　　　　　　　　　말테

편지들을 다 읽으면 다시 돌려줬으면 해. 그가 말했다.

두 사람은 그런 일이 일어나지 않으리라는 걸 알았다.

돌려드릴게요. 알리스가 힘주어 말했다. 감사합니다.

거기 한번 간 적이 있어요. 그 앞을 지나갔어요. 그녀가 말했다.

어디를? 어딜 지나갔단 말이지? 프리드리히가 물었다.

아이젠반슈트라세 5번지요. 그때 말테 삼촌이 살았던 집 말이에요.

정말? 어땠어? 프리드리히는 약간이지만 선명하게 거리를 두고 말했다. 하지만 진심으로 관심이 있는 것 같았다.

기분이 이상했어요. 뭐라고 해야 할까요… 흥분됐어요. 누군가의 뒤를 밟는 것처럼요. 누군가를 몰래 따라가는 것처럼 말이죠.

알리스는 한동안 맞은편에 서서 그 집을 건너다보았다. 동독 정부 수립기에 새로 보수한, 다른 집들과 다를 바 없는 평범한 아파트였다. 알리스는 말테가 1년

동안 이 건물의 문턱을 넘나든 것을 생각했다. 그리고 그가 마지막으로 이 집에 들어가서 더 이상 나오지 않고 사람들이 그를 얼굴까지 흰 천으로 덮어 실어 내왔을 것을 상상했다. 하지만 그보다 알리스는 갑자기 건물 출입문이 열리면서 말테가 재킷 주머니에 양손을 찔러 넣고 밖으로 나와 살피는 눈길로 하늘을 쳐다본다면 어떨까 하는 생각에 사로잡혔다. 그러면 알리스는 과연 말테를 알아볼 수 있을지, 알아본다면 무엇을 보고 알아볼지 궁금했다. 이마에 난 흉터, 뾰족한 귀, 알리스 할머니를 닮은 눈, 전체적인 자세? 알리스는 말테가 나온다면 반드시 알아볼 수 있을 거라고 확신했다. 그러면서 분노와 애정의 파도가 자신을 휩쓸고 가는 것을 느꼈다. 출입문은 굳게 잠겨 있었고 누구도 밖으로 나오거나 들어가지 않았다. 하지만 누군가가 나오는 일이 일어날 수 있을 것도 같았다. 있을 수 없는 일이란 없다. 그 집에서 라이몬트가 나올 수도 있을 것이다. 혹은 루마니아 남자. 혹은 미햐. 죽은 뒤 시간이 지날수록 점점 더 또렷하게 살아나는 미햐 말이다. 모든 것이 서로 연결되어 있는 것처럼 보였고, 그렇게 본다면 놀라울 것도 없었다. 그 출입문 바로 앞 보도블록 사이에서 반짝이는 것이 훼손되지 않은 금빛 탄환이었다는 사실도. 알리스는 오른쪽도 왼쪽도 살피지 않고 곧장 길을 건너 출입문 앞으로 갔다. 그리고 허리를 굽혀 모래가 든, 부드러운 보도블록 틈새에서 그 탄환을 집어 올려 주머니에 넣었다.

알리스는 프리드리히에게 말했다. 말테 삼촌이 어쩌면 죽지 않았을지도 모른다는 생각을 한 적이 있어요. 아이젠반슈트라세에 있는 그 집에 그동안 계속 살았을지도 모른다고 말이에요. 그 흔적을 마침내 발견한 것 같았죠. 제 말 이해하시겠어요?

글쎄, 적어도 상상해 볼 수는 있을 것 같군.

문 앞에 탄환이 떨어져 있었어요. 9밀리미터 자동 권총이었어요.

알리스를 위한 거로군. 프리드리히는 그냥 그렇게만 말했다.

네, 절 위한 거였죠. 알리스가 대답했다. 왜 아직도 여전히 그러는 걸까.

이제 알게 될 거야. 곧 알게 될 거다. 프리드리히가 말했다.

나중에 프리드리히는 다리 위로 강을 건넜다. 그 때처럼 지금도 소금기가 있는 담수가 흘렀고 다리 난간에는 프로이센의 독수리 철제 장식이 달려 있었다. 독수리는 날개 부분이 다리에 고정돼 있었고, 누구도 독수리에 관심이 없었다. 그리고 알리스는 프리드리히가 걸어가는 뒷모습을 눈으로 좇았다. 그 옛날 말테의 편지들이 들어 있는 작은 봉투에서 해방된 그의 모습을. 비는 그쳐 있었다. 프리드리히는 천천히 걷다가 한 번 멈춰 서서 주위를 둘러보고는 크레인들을 올려다보았다. 그는 무슨 생각을 했을까. 그런 다음 그는 계속 걸어갔다. 전화를 건 것은 그가 아니라 알리스였다. 말테 삼촌 다음에 또 누가 있었어요? 알리스가 물었다. 아니, 말테 다음엔 아무도 없었어. 그저 몇 번 몸을 섞는 일은 있었지만, 그건 완전히 다른 거지. 말테 다음에 아무도 사귀지 않았다는 사실이 프리드리히에게는 특별한 일이 아닌 것 같았다.

호텔 직원이 새로 도착한 손님들에게 묵직한 납추가 달린 객실 열쇠를 프런트 너머로 건네주고, 객실을 청소하는 아가씨들이 세탁실에서 앞치마를 묶고 형광등 불빛 아래서 머리를 빗는 그 호텔이 있는 좁은 도로, 강의 동쪽에 위치한 그 좁은 도로에서 견인차가 의욕적으로 속도를 내며 빠져나오고 있었다. 견인차 위에는 알리스의 일제 차가 올려져 있었다. 행운 부적, 주유소 영수증, 머리핀, 고장 난 우산, 피크닉 담요, 다 읽은 신문, 뮈리츠 호수의 모래, 땅콩 껍질, 사탕 포장지, 아스피린. 조수석에는 집시 남자가 꽂아 놓고 간 플라스틱 명함이 놓여 있을 것이다. 새 건물들이 들어선 도시 변두리에서 하늘을 올려다보던 그 집시. 조금 전 프리드리히도 그렇게 하늘을 올려다보다가 이제는 사라져 버렸다. 작별 인사도 없이. 알리스는 견인차의 뒷모습을 바라보았다. 뒤따라 달려가고픈 충동이 잠시 일었지만 포기했다. 알리스는 높은 하이힐 때문에 또다시 비틀거렸다. 말테의 편지들이 들어 있는 봉투를 손에 단단히 들고 알리스는 역으로 가는 계단을 올랐다. 이제 어떻게 해야 할까? 편지들을 지금 읽어야 할까, 나중에 읽어야 할까, 아니면 읽지 말아야 할까? 그 안에 언제나 확고하게 들어 있는 것. 그것은 그 무엇도 바꾸어 놓지 않을 것이다. 그러나 식별하기 어려운 불변의 핵심을 중심으로 하나의 원을 덧붙이는 것은 가능하다. 알리스는 그 편지들을 더 단단히 움켜쥐었다. 나는 그 여러 개의 원 중 하나야. 알리스는 그렇게 생각하면서, 겨울답게 스산하고 춥지만 화려하게 꾸며진 역 안의 모든 사람들과 이곳 또는 저곳으로 갈 수 있는 여정의 온갖 가능성 사이로 사라져 갔다.

라이몬트
Raymond

라이몬트가 죽은 뒤 알리스는 그의 물건들을 정리하기 시작했다. 치우고, 다른 사람들에게 주고, 팔고, 내다 버렸다. 간직하기도 했다. 일종의 발굴 작업이었다. 지층들을 노출시키고, 다양한 색과 물질을 드러내고, 시대를 분류하는 일. 마지막에 가서는 라이몬트가 죽었다는 사실 말고는 아무것도 더 건져 낼 것이 없을 것이다. 그러면 이 작업은 끝이다. 그렇게 끔찍한 작업은 아니었다.

알리스는 라이몬트의 재킷부터 정리하기 시작했다. 그건 그저 우연이었고 어쩌면 다른 물건부터 시작할 수도 있었겠지만, 어디부터 시작하든 끝에 가서는 아마도 마찬가지가 될 것이었다. 재킷들은 복도에도, 방 안 의자 등받이에도, 주석 옷걸이에도, 지하실 문 안쪽 못에도 걸려 있었다. 알리스는 방에 있는 재킷부터 시작했다. 초록색 재킷 하나와 푸른색 재킷 하나. 초록색 재킷은 방수가 되는 나일론 재킷이었고 푸른색 재

킷은 안쪽에 보온 조끼가 들어 있는 부드러운 면 재킷
이었다. 안감을 떼어 내고 나니 재킷은 가벼웠다. 알리
스는 잠시 망설이다가 그래도 하려던 일을 계속 했다.
어쩌면 그저 어떻게 되나 보려고 했던 것 같다. 정리하
는 일이 사실 아무 의미도 없다는 것을 알리스는 알았
다. 집 전체가 아직 라이몬트의 냄새를 간직하고 있었
기 때문이다. 그의 물건들과 머리카락. 거기에 영화나
책 속에서 나온 듯한 그의 몸짓이 겹쳐졌다. 알리스는
두 손으로 푸른색 재킷을 펼쳐 들고 그 부드러운 소재
속에 얼굴을 파묻었다. 옷에서는 집 안에 배어 있는 냄
새, 먼지 냄새와 특정한 세제 냄새가 났을 뿐 그 밖의
다른 어떤 냄새도 나지 않았다. 라이몬트는 이 재킷을
아주 오래전 봄날 오후, 노동청 앞 길가의 간이식당 옆
벤치에 앉아 있을 때 입고 있었다. 정자 모양의 목조 건
물은 푸른색과 흰색으로 페인트칠되어 있었고, 중앙에
창문들이 있었다. 유리장 안에는 화주 병, 담뱃갑, 레모
네이드 상자들이 빈틈없이 채워져 있었다. 라디오에서
는 음악이 흘러나왔다. 1950년대 유행가들, 일기 예보,
유머와 교통 상황 정보. 창을 통해 튀김 기름 냄새가 강
하게 풍겨 나왔다. 그 앞에는 남자들이 빈 술통을 둘러
싸고 서 있었는데 손마다 맥주병이 들려 있고 개들은

가로등에 줄로 묶여 있었다. 남자들은 멜빵을 탁탁 팅기며 침을 뱉었다. 한 남자가 이야기를 했다. 다른 사람들은 듣고 있었다. 우스운 이야기인지 다 함께 소리 내어 웃었는데, 한 사람이 유난히 크게 웃었다. 개들은 미친 듯이 짖어대다가 갑자기 기겁을 한 듯 조용해졌다. 가시덤불 사이에 그 벤치가 있었다. 알리스와 라이몬트는 나란히 벤치에 앉아 있었는데, 알리스는 일회용 컵에 든 커피를 마셨고, 라이몬트는 맥주를 마셨다. 아직 본격적으로 더워지기 전이었지만 하늘은 벌써 아주 파랬고, 바쁘게 몰려다니는 흰 구름이 보였다. 라이몬트는 담배 한 개비를 말면서 알리스를 바라보았다. 그게 다였다. 그 순간 알리스를 바라보던 그의 눈길은 완벽했다. 그게 전부였다.

알리스는 푸른 재킷을 조심스럽게 접다가 재킷 오른쪽 주머니에서 자동차 부속품 하나를 발견했다. 섬세하게 모형을 떠서 찍어 낸 작은 금속 부메랑이었고, 비닐 안에 든 새것이었다. 다이하츠 쿠오레.* 알리스는 한 손에 그 부속을 올려놓고 무게를 느껴 본 다음 테이블 위에 놓았다.

* 일본 다이하츠 사의 차종 이름.

알리스는 그 푸른색 재킷을 지붕 밑 다락에 올려 놓을 상자 안에 넣었다. 초록색 재킷은 소매 끝이 은색이고 영어 로고가 새겨져 있는 군용 재킷으로, 라이몬트는 식물원을 산책할 때 이 옷을 한번 입은 적이 있었다. 여름이었다. 라이몬트는 확신 없는 어조로 자기가 너무 멋져 보이지 않냐며 농담을 했고, 알리스는 웃음을 터뜨릴 수밖에 없었다. 둘 다 요란하게 웃었는데 그건 벌써 오래전 일이었다. 두 사람은 팔짱을 낀 채 식물원 바깥 멀리 위성도시 건물들의 윤곽을 바라보며 자갈길을 걸었다. 그러자 멀리서 벌써 경비원이 쫓아오는 모습이 보였다. 주둥이에 입마개를 한 셰퍼드들이 짧은 끈에 묶여 있었다. 두 사람은 되돌아갔고, 식물원은 그들 등 뒤에서 문이 잠겼다. 둘은 영화관에 갔다.

무슨 영화를 보았던가? 잊어버렸다. 대신 다른 기억이 있다. 기억을 스스로 골라낼 수는 없는 법이라고 알리스는 생각했다. 기억들은 그들이 원하는 대로 찾아왔다. 식물원, 군용 재킷을 입은 라이몬트 같은 기억들은 특별한 색채가 없지만 그럼에도 전체의 한 부분이었다. 알리스는 그 재킷을 그 후에 가끔 한 번씩 입어 보았다. 그리고 정말 멋져 보이지 않나 생각했다. 알리스는 지퍼를 끝까지 채운 다음 재킷을 적십자에 보낼 상자에 넣었다.

복도에 있는 옷걸이에 걸린 재킷들을 정리했다. 가방에 넣거나 어딘가에 보관하지는 않았다. 목도리 하나, 니트 모자 두 개. 차례로 버렸다. 모든 것을.

그러나 지하실에 있던 재킷 하나에서 알리스는 미처 맞닥뜨릴 준비가 돼 있지 않았던 것을 발견했다. 알리스는 사실 모든 것에 대해 마음의 준비를 갖추려고 했다. 뭔가 작은 것이었다. 마치 약간은 라이몬트가 일부러 알리스에게 남겨 놓은 것처럼 보였다. 구겨진 제과점 빵 봉지 안에 아몬드 크루아상이 들어 있었다. 크루아상의 뾰족한 끝부분이었는데, 벌써 거의 돌처럼 굳어 화석이 된 조개만큼이나 오래되어 보였고, 위에는 아몬드 한 조각이 붙어 있었다. 알리스는 한 손에는 봉지를, 다른 한 손에는 먹다 남은 크루아상을 든 채 지하의 침침한 불빛 아래 서서 머리를 절레절레 흔들었다. 그럴 생각은 없었지만 절로 그렇게 되었다. 열린 지하실 문을 통해 인도인 요리사들이 어린아이처럼 재잘대는 소리가 계단을 타고 내려왔다. 주방 문이 요란하게 닫히는 소리, 건물 복도 돌바닥 위를 구르는 프로판

가스통 소리, 통통한 파리들의 웅웅거리는 소리까지도 알리스는 이곳 지하실에서 들을 수 있었다. 뒷마당 쓰레기통에서 나는 냄새도 지하까지 내려왔고, 그 냄새는 지하실 냄새와 섞였다. 쥐약 냄새의 강렬한 흔적도 느껴졌다. 연한 갈색의 축축한 벽돌들. 라이몬트. 그는 배가 고팠다. 생생하고, 단순한 허기. 그는 아몬드 크루아상을 샀다. 그가 가는 유일한 빵집이 있었다. 라이몬트는 그 밖의 어떤 곳에서도 아몬드 크루아상을 사지 않았다. 그가 이 빵을 산 날은 화요일, 수요일, 목요일, 금요일 또는 토요일 중 하루였을 것이다. 이 빵집이 일요일과 월요일에는 문을 닫기 때문이다. 월요일에 문을 닫는다는 것이 라이몬트에게는 이 빵집의 수준을 보증해 주는 증표였다. 오래전 겨울의 일이었다. 그 봉지가 그의 겨울 재킷 주머니 속에 장갑 한 짝과 같이 있었으니까. 그런데 장갑 한 짝은 어디로 갔을까? 알리스도 그 곁에 있었을까? 라이몬트가 아몬드 크루아상을 샀을 때 알리스도 옆에 있었던가? 그가 크루아상 한 조각을 잘라 알리스에게 먹으라고 주었던가? 아니면 입에 넣어 주었던가? 춥고 바람이 불던 어느 날 점심 때, 아니면 오후, 아니면 아침에 두 사람이 나란히 걸어가고 있을 때, 알리스가 라이몬트와 팔짱을 끼고 손에

 라이몬트

그의 장갑을 끼고서 그의 손과 함께 두었을까? 더 먹을래? 아니. 그래서 먹다 남은 조각이 봉지 속에 남게 된 것일까? 라이몬트는 그 마지막 조각을 봉지에 넣고 입구를 비틀어 닫은 다음 재킷 주머니에 찔러 넣은 것일까? 그게 언제였을까? 아니면 라이몬트는 혼자 있었을까? 알리스가 곁에 없었을 때. 물론 그런 일도 가끔 있었다. 그럼 이제 이 남은 조각은 어디로 가야 할까? 종이 봉지에는 떠오르는 해 그림이 인쇄되어 있었다. 좋은 아침. 이제는 어디로, 어디로 가야 할까? 그런 것도 배워야만 한다.

알리스는 종이 봉지를 자기 재킷 주머니에 집어넣었다. 차마 버릴 용기가 나지 않았다. 앞으로 어떻게 될지는 뻔했다. 시간이 흘러야 했다. 그런 다음 다시 그걸 찾아내고, 이해한 다음, 버리는 것이다. 거리를 두는 게 필요했다. 차분하게 해. 라이몬트가 이 말을 할 때마다 알리스는 화를 냈다. 차분하게 해. 알리스는 겨울 재킷을 적십자에 보낼 상자에 넣었다. 한 짝뿐인 장갑도 거기 넣었다. 오른손에 끼는 장갑이었다. 알리스는 그 장갑을 다시 끼어 보지 않았다.

그리고 그의 셔츠. 그의 바지. 팬티, 티셔츠, 모자와 신발, 흰색과 빨간색 체크무늬 셔츠, 아무런 기억도 없는 옷들. 푸른 셔츠, 엄청나게 많은 기억이 담겨 있는 옷. 이번에는 알리스가 그 기억이 진실임을 입증할 수 있는 옷이었다. 알리스는 지금도 생생하게 기억할 수 있었다. 수많은 여름 중 어느 한 여름, 7월 어느 날 라이몬트가 문을 열었을 때, 그는 너무나 바빠서 금방 다시 집 안으로 사라져 버렸지만 그러면서도 그는 알리스가 집에 온 것을 기뻐했다. 알리스를 보고 기뻐할 때면 라이몬트가 항상 보여 주는 얼굴을 하고서. 알리스는 차를 한 잔 마시고 창가에 앉아 신문을 읽었다. 나한테 소리 내서 읽어 줄래? 특별한 게 없는데. 라이몬트는 그때 이 푸른 셔츠를 입고 있었다. 작은 구멍들이 생겨 바느질로 조심스럽게 그 구멍을 때운 셔츠였는데, 마치 다른 시대에 만들어진 옷처럼 둥그스름한 구식 디자인이었다. 그러니까 이 셔츠. 그리고 회색, 초록색, 검은색 바지들. 무릎에 난 구멍들. 얼룩들. 찢어진 주머니. 멀쩡한 바지들. 정확하고 빈틈없이 접어 놓은 티셔츠들. 가슴에 그림이 있는 것도 있고 없는 것도 있었다. 멍청해 보이는 곰 그림. 얼룩을 가리려고 덧칠한 부분. 인쇄된 그림. 그리고 라이몬트의 신발. 정형외과에서 만들어 준 안창. 안경은 없었다. 그리고 수영복 하나. 오래 망설이지 말아야지. 알리스는 몸을 떨면서 그

　　　　　　　　　　　라이몬트

렇게 생각했다. 그리고 모든 것을 치워 버렸다. 다 함께. 그리고 적십자 상자에 넣었다. 다락에 올려놓을 상자 속에는 여전히 푸른색 재킷과 푸른 셔츠가 들어 있었다.

알리스는 적십자 상자를 계단 아래로 들고 내려갔다. 여러 가지로 채운 첫 번째 상자는 상당히 무거웠다. 알리스는 그 상자를 테이프로 단단하게 고정시켰다. 누구도 이 테이프를 뜯어내 상자를 열 수 없을 것 같았다. 아래층 주방에서 인도인 요리사가 복도로 나왔다. 앞치마가 말할 수 없이 지저분했다. 닭고기 카레. 요리사 뒤로 알리스는 붉은 세라믹 난로 앞 식기세척기의 증기 속에 서 있는 두 번째 인도인 요리사를 보았다. 멋진 풍경이었다. 이사 가세요? 요리사는 벌써 깜짝 놀란 표정을 지었다. 아뇨. 이사 가는 거 아니에요. 버리고 정리하고 사람들에게 나눠 주고 다시 강으로 돌려보내려는 거죠. 아, 강가* 말이군요. 요리사는 큰 소리로 웃었고, 알리스도 따라서 웃을 수밖에 없었다. 요리사는 알리스에게서 상자를 받아 들어 알리스의 차

* 힌두교의 성지 바라나시를 흐르는 갠지스 강을 가리킨다.

까지 운반해 주었다. 요리사는 욕실 슬리퍼를 신은 채 상자를 들고 길 끝까지 걸어 내려갔는데, 주방에서 묻어온 닭고기 카레 냄새에 막 자른 파인애플, 바질, 토마토, 산성 세척제 냄새까지 끌고 나왔다. 이 냄새는 상자와 자동차와 알리스의 손에까지 묻어서 알리스가 상자를 적십자 컨테이너 속 깊숙이 집어넣을 때까지 계속되었다. 라이몬트 없이 처음 보낸 이 여름에 알리스는 날마다 수영장에 갔다. 시간이 있는 날이면 거의 매일 아침 수영장에 갔다. 혼자 차를 몰고 나가기가 싫었고, 혼자 호숫가로 소풍을 갈 상황이 아니기도 했다. 소풍 담요를 혼자 쓰고 엉망이 된 신문지 뭉치와 앞이 보이지 않게 빽빽한 숲을 혼자 감당하기는 어려워 보였다. 그래서 수영장을 택했다. 수영장이 문명의 한 형태여서였을 것이다. 기온이 섭씨 20도인 아침 9시에 도로의 그늘진 쪽으로 자전거를 타고 조금만 가면 수영장이 나왔다. 라이몬트가 어릴 때 다니던 공원 수영장이었는데, 알리스는 그 시절의 사진 한 장을 가지고 있었다. 여섯 살 먹은 라이몬트가 탈의실 앞 계단에 앉아 있는 사진이었다. 사진 속에서 그는 젖은 돌 위에 웅크리고 앉아 한쪽 다리는 몸 쪽에 붙이고 다른 한쪽은 뻗고 있었다. 라이몬트는 앞쪽에서 쏟아지는 빛을 받으며 카메라를 바라보고 있었는데, 어린 그의 얼굴은 햇빛으로 찡그려져 있었다. 알리스가 생각하기에 라이몬트는 우는 것처럼 보였다. 라이몬트는 울지 않았다고 주장했다. 그는 10미터 높이의 다이빙대에서 다이빙을 했는데, 한 시간 내내 쉴 새 없이 다이빙을 한 뒤에 집에 갔다고 했다.

탈의실 앞 계단은 출입이 통제되어 있었다. 넓은 계단은 색이 벗겨졌고, 이어 붙인 돌들 틈에서는 풀이 자라났다. 라이몬트가 당시 앉아 있던 그 자리는 알아볼 수 없었다. 하지만 다이빙대는 옛날처럼 지금도 올라갈 수 있었다. 사람들이 그 탄력 있는 10미터 다이빙대에서 뛰어내리고 있었다. 끊임없이, 3분에 한 번씩 누군가가 아래로 떨어졌다. 알리스는 대형 수영장 가에 수건을 펼쳐 놓았다. 낮은 담장 옆, 그녀의 뒤쪽으로 금잔화가 자라 있었다. 빈 종이컵, 망가진 튜브, 담배꽁초 같은 쓰레기들이 모여 있었다. 알리스는 30분 동안 수영을 했다. 정해진 레인을 따라 정직하게 헤엄쳤고, 머리를 물속에서 밖으로 쳐든 다음 수건을 펼쳐 둔 곳으로 다시 돌아가서 똑바로 누워 눈을 감았다. 비행기 지나가는 소리. 금잔화 곁의 참새들. 들뜬 지저귐. 신나게 뛰노는 아이들의 높은 외침, 젖은 작은 발들이 재빨리 달리는 소리. 알리스 옆에서는 아이 엄마들이 선베드를 펼쳤는데, 그녀의 감은 눈앞으로 그림자가 드리워져 마치 커다란 새가 하늘을 덮은 것 같았다. 그런 다음 다시 찾아온 정적인 밝음. 아이들은 이를 딱딱 부딪치며 머리카락에서 물을 털어 냈다. 알리스의 배 위에 물방울들이 떨어져 마치 누군가가 배를 만지는 것처럼 느껴졌다.

조금만 옆으로 가 주실 수 있어요?

알리스는 혼자였다. 작은 수건과 신문과 노란색 선로션 병을 가지고 혼자 온 알리스에겐 대단한 권리가 없었다. 그 사실을 스스로 깨달은 알리스는 줄곧 미소를 지으며 그래도 말을 걸어 준 것에 감사하면서 수건을 옆으로 옮겼고, 유모차, 대포 같은 멜론, 레모네이드 병, 보온병, 한 무더기의 접이의자와 누들 샐러드로 가득 찬 플라스틱 그릇을 든 아이 엄마들에게 더 많은 자리를 내주었다. 알리스는 꿈꾸는 것과 비슷한 단절된 분위기에서 잠이 들었다. 새된 목소리들, 웃음소리와 아이들의 울음소리, 복숭아, 열대 오일, 젖은 돌들의 냄새, 염소鹽素, 미세하고 쓸쓸한 담배 연기. 그리고 잠 속에서 알리스는 라이몬트가 죽었다는 사실을 잊었다. 그가 더 이상 존재하지 않는다는 사실을 잊고 그에 대한, 탈진해 버린, 말도 할 수 없는, 끔찍한 생각들을 그냥 내려놓았다. 알리스는 벗어났다. 한낮의 더위 속으로 소중한 한 시간을 그렇게 흘려보냈다. 알리스 옆자리에 앉은 여자 하나가 말하는 소리가 들렸다. 어젯밤에 꿈을 꿨는데 이가 다 빠진 거야. 이런 꿈은 뭔가 성적인 억압과 관련이 있대. 그러자 다른 여자가 말했다. 아유, 난 그렇게 생각 안 해. 그다음에 그 화제는 날아가 버렸고, 그냥 좋은 하루였다. 졸린 가운데 즐거운 기분으로 알리스는 생각했다. 집에 가서 라이몬트한테 이야기해 줘야지. 나중에 저 억양을 똑같이 흉내 내야겠어. 의식적인 경멸과 하루에 대한 객관적인 예찬. 그런 다음 알리스에게는 그것이 불가능하다는 사실이 떠올랐다. 알리스는 잠에서 깨어났고 누가 자기 이름을 부른 것처럼 벌떡 일어나 앉았다. 어깨, 쇄골, 발에 선로션을 바르고 잠시 더 그대로 앉아 있다가, 팔 안쪽을 해를 향해 내밀었다. 이런 식으로 햇빛을 쬔 것도 정말 오랜만이었다. 마지막으로 선탠을 한 것은 안나와 함께 가르다 호수에 갔을 때였는데, 그건 그야말로 오래전이었다. 그때의 기억이 그리움으로 알리스를 끌어당겼다. 사랑이 가득한 어떤 상태. 이 사랑에서 아무것도, 언제라도 바뀔 게 없을 것 같았던 상태. 태양 아래서 안나의 머리카락은 광택이 없었고, 눈동자는 검게 반짝였고 손은 아이들처럼 거칠었다. 나란히 누워 햇빛을 받으며 앞만 보고 이야기를 나눴다. 한 손을 눈 위에 얹어 놓은 채 물을 건너다보았고, 둥글고 매끈한 자갈돌들이 널린 곳에서 돌 몇 개를 주워 들었다가 다시 내려놓았다. 저녁이면 갈색으로 그을린 피부, 갈색 배 위의 하얀 가슴을 거울에 비춰 보았다. 라이몬트와 함께일 때 알리스는 절대로 그런 일을 하지 않았다.

점심때 알리스 소지품을 챙겨 놓고 수영복 위에 원피스를 걸치고는 아이 엄마들에게 작별 인사를 했다. 아무도 그 인사에 답하지 않았다. 다들 게을렀다. 알리스는 수영장을 떠났다. 알리스는 분수가 나오는 수영장 앞을 지났다. 그 안에서 젊은 사내애들이 여자애들을 물 밑으로 내리누르는 장난을 했다. 사내애들이 계속해서 밑으로 눌렀지만 마지막에는 머리카락이 다시 위로 솟구치면서 여자애들이 물 밖으로 뛰쳐나와 승리에 찬 요란한 소리를 질러댔다. 이게 어떤 종류의 의식이었던가. 알리스는 자신과 라이몬트도 역시 이런 짓을 했다는 것을 확신할 수 있었다. 그 당시에는 각자 그런 짓을 했고 다른 사람들과도 했지만, 알리스는 자세히 기억할 수는 없었다. 알리스가 라이몬트를 안 때

     라이몬트

는 이미 거의 모든 의식들을 다 치른 뒤였고, 몇 가지 최후의 것들만 남아 있을 때였다. 누가 그런 것을 생각해 냈을까. 알리스는 수풀이 제멋대로 자란 풀밭 앞에 있는, 수위가 낮은 수영장의 미지근한 물속을 걸어가서 샌들을 신었다. 어린 라이몬트가 부드러운 와플로 감싼 밀크 아이스크림을 사 먹던, 은종이로 포장한, 초콜릿 크림을 입힌 바닐라 아이스크림을 사 먹던 그 간이매점 앞 빛바랜 파라솔 밑에서는 남자들이 황금빛 치아를 드러내며 스카트 게임을 하고 있었다. 사슬 달린 닻과 단도로 꿰뚫은 심장을 물 빠진 푸른색으로 새긴 문신들이 보였다. 영원히, 영원히. 풀밭 위에서는 벌거벗은 사람들이 일광욕을 즐기고 있었다. 하얀 하늘 아래 총 맞아 죽은 사람들처럼 누워 있었다. 하나씩 떨어져서. 아무런 움직임도 없었고, 길 끝에 넓은 웅덩이 위로 위협적인 모기 떼가 보일 뿐이었다. 나무 사이에 쳐 놓은, 흰색과 붉은색 빗금의 통행금지 리본이 뚜렷이 느껴지지 않는 바람에 팔랑거렸다.

알리스는 자전거를 한낮의 거리 위로 밀면서 집으로 돌아갔다. 집까지 내내 자전거를 밀고 갔다. 위험하니까 주의해야 할 것 같았다. 더위에 지치고 무엇보다 생각에 지쳐 자전거를 타고 가기가 힘이 들었다. 자전거를 타면 사고가 나서 튕겨 날아갈 것 같았다. 바닥에 굴러 목과 관절이 다 부러질 것 같았다.

조심해.

당신도.

그래서 알리스는 자전거를 타지 않았다. 길모퉁이에서 딸기를 샀다. 지붕 위에 초록색 줄기가 달린 커다란 과일 모양의 가게였다. 그 가게의 그늘진 곳에는 반짝이는 딸기들을 담은 마분지 상자가 피라미드 모양으로 쌓여 있었다. 1킬로그램은 너무 많아요. 500그램도 알리스에게는 너무 많았다. 알리스는 투명한 비닐봉지에 딸기를 담아 집으로 가져왔다. 자전거를 집 앞에 세워 자물쇠로 잠가 놓았다. 라이몬트가 죽은 뒤로 알리스는 자전거를 더 이상 뒷마당에 두지 않았다. 그것이 너무 번거로웠기 때문이다. 예전에는 라이몬트 때문에 그렇게 했다. 그는 자전거를 뒷마당에 세워 두는 것이 더 안전하다고 생각했다. 계단은 숨이 막혔고 집 안은 고요했다. 알리스는 딸기를 오랫동안 꼼꼼하게 씻었다. 차가운 물을 손목 위로 쏟아지게 해 맥박이 빨라지게 만들었다. 알리스는 딸기를 반으로 자르고 또다시 반으로 자른 뒤 그 위에 설탕을 뿌리고 식초를 조금 친 다음 접시째 냉장고에 넣어 두었다. 창가에 있는 푸른 꽃의 작지만 다부지고 튼튼한 꽃잎들. 꽃송이마다 열세 개의 꽃잎을 단 푸른 꽃은 무심하게 해를 향해 몸을 뻗었다.

알리스는 침대를 정리했다. 시트 하나, 베갯잇 두 개, 이불깃 두 개를 벗겨 냈다. 침대 하나에만 새 시트와 이불깃을 씌웠다. 첫날밤은 이가 딱딱 부딪칠 정도로 추웠다.

알리스는 이가 다 빠지는 꿈을 꾸지 않았다. 그렇다고 새 이가 자라는 꿈을 꾸지도 않았다.

알리스는 마르가레테를 찾아갔다. 차를 몰고 시내를 벗어나 마르가레테가 현재 사는, 정원이 있는 집으로 갔다. 도시 변두리에 있는 집이었고, 여러 면에서 도심과는 거리가 있었다. 알리스와 마르가레테는 열대 지방 목재로 바닥을 깐 베란다에 나란히 앉아 마르가레테가 가꾸는 꽃들을 바라보았다. 금어초, 수국, 일본 백합, 아쿠아 알바 등으로 풍성한 꽃밭이었다. 하늘은 푸르렀고 어디선가 비행기들이 날아왔다. 잔디 깎는 기계, 스프링클러, 전정가위의 딸깍거리는 소리 등 여름다운 소리가 멀리서 들려왔다. 고양이 한 마리가 소리 없이 베란다로 나와 마른기침을 하고는, 두 사람 앞에 엎드려 앞발을 뻗고 알리스와 마르가레테에게 옆모습을 보여 주었다. 고양이 프로필이었다.

고양이는 저런 짓을 해. 두 사람 가까이에 자리를 잡고 언제나 정삼각형을 만들어 내지. 고양이들은 항상 그렇게 해. 마르가레테가 말했다.

알리스는 고양이를 바라보았다. 적갈색 털가죽, 끝이 아주 가볍게 움찔거리는 하얀 꼬리. 말테, 프리드리히, 푸미. 아는 모든 것들을 머릿속에서 차례로 연결하는 것이 알리스를 편안하게 했다. 차례로 연결하고, 앞으로 일어날 일을 바라보는 것. 그리고 앞으로 어떻게 될 것인가를 지켜보는 것. 모든 일들로 지쳤지만 그래도 이것은 처음 갖는 시간이었다. 라이몬트 없이 지내게 된 최초의 날과 주간과 달. 그렇게 선명하고 반짝이는 날들은 다시 오지 않을 것이다. 알리스는 아마도 거기서 즐거움을 느끼는 법을 배워야만 할 것이다. 달리 어쩔 도리가 없다.

마르가레테가 말했다. 나한테 3년이 걸릴 거라고 리하르트가 말했어. 그냥 그렇게 말했지. 생각해 봐. 3년이 걸린다는 거야. 그런 다음엔 좋아진다는 거지.

그 말이 맞아요. 알리스가 말했다.

모르지. 이제 1년이 지났어. 겨우 1년. 리하르트가 한 말을 이해하려면 아직 멀었어. 3년이라니. 꽃 몇 송이 가져갈래?

좋아요. 알리스가 말했다.

잔디는 짧게 깎여 있었다. 알리스는 맨발로 잔디밭에 섰다. 마르가레테는 가위를 들고 꽃밭을 따라 걸어갔다. 달리아와 해바라기와 엉겅퀴 가지 하나씩을 잘라 왔다. 잔디 깎는 기계의 소음이 멈췄고 벌들이 전나무 속의 둥지를 돌며 웅웅거렸다. 차가운 오렌지 주스. 바람은 거의 불지 않았고, 베란다 문은 닫혔다. 하늘에는 구름들이 얇게 깔려 있었다.

나중에 알리스는 집 안으로 들어갔다. 밝은색 타일 바닥을 지나 리하르트의 사진 액자가 서 있는 책꽂이 앞을 지났다. 라인스베르거 거리의 책꽂이 앞에 있던 흑백 사진이 떠올랐다.

그 후에 알리스는 자동차를 팔았다. 차를 없애는 것은 너무도 당연한 일이었다. 혼자서 차를 관리하기에는 비용이 너무 많이 들었고, 알리스가 차를 사용하는 일은 거의 없었다. 라이몬트가 죽은 뒤로 알리스는 사실 어디에도 가지 않았고, 이제는 라이몬트를 어디서 데려오거나 어디에 데려다 줄 일도 없었다. 이제 알리스는 머무는 곳에 늘 그대로 있었다. 그러니 자전거와 전차면 충분했다. 알리스는 자동차 잡지에 광고를 내고, 인쇄체 글씨로 신청서 공란을 채웠다. 1987년 출고. 빨간색. 왼쪽 흙받기에 팬 자국 있음. 방풍 유리에 살짝 긁힌 자국 있음. 알리스는 가능한 한 최선을 다해 칸을 채웠다. 그리고 마지막에 가서 받을 가격을 생각했다. 얼마를 요구하는 게 적당한지 알 수 없었다. 적당할 것 같은 가격을 그저 생각나는 대로 썼다. 얼마를 받든 그건 중요하지 않았다. 밤중에 전화벨이 울리기 시작했다. 새벽 4시였다. 알리스는 침대에 똑바로 누운 채로 자동응답기에서 울려오는 목소리에 귀를 기울였다. 그들의 노골적인 표현, 이국적인 억양, 세 번씩 되풀이하는 전화번호, 달뜬 기대, 방금 말한 전화번호로 다시 전화해 달라는 요청. 이 도시 어디에선가 이 모든 사람들이 깨어 있는 것이다. 열심히 일을 하고 있다. 그들은 계획을 세우고, 의도를 실현하며, 목표를 향해 매진한다. 알리스는 벽에서 전화선을 뽑을 기력도 없었다. 아침이 되어서야 울리던 전화벨이 그쳤다. 휴식. 알리스는 잠이 들었다. 운동장 철망에 첫 번째 농구공이 부딪쳤다. 뒷마당에 서 있는 나무들 사이로 묵직한 바

 라이몬트

람 소리가 들려왔다.

　　점심때쯤 알리스는 차로 갔다. 파란 쓰레기봉투를 들고 선글라스를 썼다. 열대 지방 같은 기온이었다. 카페 앞 차양의 반쪽짜리 그늘 아래 사람들이 일렬로 앉아 있었다. 그들의 접시 위에서는 버터가 녹고 있었고, 공원에는 장이 섰다. 보도블록 위로 햇빛이 쏟아졌다. 체리의 계절이었다. 딸기는 끝물이었다. 아카시아 나무 주변에 있는, 먼지 날리는 마른 흙 속에 누군가가 잘될 거라는 확신을 가지고 콩을 심어 놓았다. 알리스의 차는 천문관 앞에 서 있었다. 알리스는 차 문을 열었다. 그리고 조수석에 반쯤 무릎을 꿇은 채 글러브박스를 열어 그 안에 든 모든 것을 꺼냈다. 모든 것. 라이몬트의 성냥갑, 약국에서 주는 달력, 주유소 영수증, 광고 전단. 모으는 것을 좋아했던 그의 습관대로 모아 놓은 쿠폰과 교환권. 어떤 의자를 찍은 구겨진 사진 한 장. 그 사진 속에는 폐허가 된 공장 건물 앞에 자작나무가 서 있고, 그 옆에 의자가 놓여 있었다. 의자 옆 바닥에 무언가가 놓여 있는 것이 보여 알리스는 눈을 꼭 감았다가 뜬 뒤 사진을 뚫어지게 바라보았지만, 그게 무엇인지는 알 수 없었다. 내일이 돼도 그게 무엇인지 알아보지 못할 것이다. 그래서 알리스는 그것을 쓰레기봉투에 넣었다. 다른 모든 것도 마찬가지였다. 그런데 아무런 의미 없는 쪽지들 사이에서 갑자기 초록색 코팅 명함이 튀어나왔다. 오래전 그 집시 남자가 꽂아 놓고 간 명함이 아니라 뭔가 다른 거였다. 아니면 아마도 바로 그것인지도 몰랐다. "이 차에 관심 있습니다. 지금이든 나중이든, 언제라도 좋습니다. 전화 주시면 바로 가겠습니다." 알리스는 차에서 기어 나와 트렁크를 열고 그 안에 들어 있던 모든 것을 꺼내 쓰레기봉투에 담았다. 알록달록한 체크무늬 소풍 담요, 가장자리 올이 풀려 있는 그 담요의 접힌 부분에서 지난가을의 나뭇잎 하나가 떨어졌다. 헬제. 아니면 랑케였던가. 뮈리츠 호수였던 것 같다. 역시 쓰레기봉투로 들어갔다. 생수병들. 우산 하나. 보온병. 그 보온병 안에는 아직도 뭔가가 들어 있었다. 너무도 오래된 찻물. 라이몬트가 손가락 마디 사이에 끼우고 있던 잎차였던 것 같다. 이걸 마셔야 할까? 알리스는 보온병을 쓰레기봉투 안에 던지면서 보온병 안이 깨져 조각들이 찰랑거리는 소리를 들을 수 있었다.

이게 다일까?

그게 다였다.

룸미러에는 행운 부적이 단단하게 고정되어 매달려 있었다. 알리스는 주머니에서 휴대전화를 꺼내 명함에 적힌 번호를 눌렀다. 손이 떨렸다. 왜 그런지는 알 수 없었다. 전화로 알리스는 말했다. 제 차를 지금 그냥 드릴게요. 바로 와서 가져가신다면요. 맞아요. 고맙습니다. 그렇게 해 주시면 좋겠어요. 그런 다음 알리스는 연석에 걸터앉아 기다렸다. 손에는 자동차 열쇠를 들고 있었는데, 열쇠에는 일련의 숫자가 새겨진 금속 꼬리표가 달려 있었다. 그 숫자는 라이몬트의 인생과 연관이 있는 것이었는데 그것이 무엇이었는지 알리스는 잊어버렸다. 시냅스가 막혀 버린 것 같았다. 알리스는 그걸 생각해 내려고 애를 썼다. 알리스가 미동도 하지 않고 앉아 있었기 때문인지 까마귀들이 아주 가까이 다가왔다. 검고 윤기 나는 날개, 단추 같은 눈, 뾰족하지 않은 부리. 절대로 소멸하지 않을 작은 공룡들.

알리스는 라이몬트를 날마다 보았다. 매일. 알리스는 라이몬트를 어디에서나 보았다. 놀라운 일이었다. 라이몬트가 지니고 있었던 형상과 존재의 형태가 그렇게 다양했단 말인가. 그는 세상 누구일 수도 있었다. 그는 중앙역 에스컬레이터 위에 서 있었고, 역의 높

215

은 회랑을 떠다니듯 걸어갔고, 가벼운 여행 가방을 손에 들고 옆모습을 보이며 걷기도 했다. 여행자이지만 서두를 필요가 없는 사람 같았다. 알리스는 누군가를 옆으로 밀치며 급하게 그 뒤를 따라가면서 라이몬트가 에스컬레이터를 벗어나 출구 쪽으로 걸어가는 모습을 바라보았다. 그가 아니었다. 다른 사람이었다. 알리스의 심장은 미친 듯이 뛰었다. 막 떠나는 전차의 맨 뒤 칸에 앉아 있는 그를 보았고 거리 맞은편 신호등 앞에서, 슈퍼마켓 계산대 앞 길게 늘어선 줄 속에서 그를 발견했다. 라이몬트는 택시에서 내렸고, 공원 벤치에서 잤고, 자전거를 타고 모퉁이를 돌았다. 혹은 어느 이탈리아 아이스크림 가게에서 화려한 과일 아이스크림이 든 그릇을 앞에 놓고 앉아 있었다. 알리스가 유리문 너머를 들여다보자 한 노인이 흐릿한 눈으로 쳐다보고는 마치 짐승을 쫓듯 손을 흔들어 쫓는 시늉을 했다. 모두가 라이몬트였다. 걷거나, 서 있거나, 한 손으로 목 뒤를 잡거나, 머리 위를 문지르거나, 어깨를 늘어뜨리거나, 하품을 하거나, 재킷을 입거나 벗거나 모두가 그였다. 그는 세상에 없어, 알리스. 알리스는 자기 이름을 부르며 스스로에게 말했다. 마치 자기가 자신의 아이인 것처럼. 알리스, 라이몬트는 더 이상 존재하지 않아.

     라이몬트

미쳐 버리지 않고 그에 대한 기억을 간직하는 것이 중요했다. 미치거나 분노하지 않고 그를 생각하는 것. 조심스럽게. 언제나 새롭게. 맨 처음부터.

남편은 어디 가셨어요? 인도인 요리사가 물었다.
여행 갔어요. 알리스가 대답했다.
아, 오래 있다 오시나 봐요? 요리사는 주방 바닥을 쓸어 냈고 다른 요리사는 식기세척기 옆 김 서린 벽 앞에 양동이를 엎어 놓고 앉아 있었다. 그의 안경 유리에는 김이 서려 있었고, 그는 담배를 피웠다. 트랜지스터라디오에서는 아랍 음악이 흘러나왔고 그는 거기에 맞춰 열쇠 꾸러미를 흔들었다. 마음을 동요시키는 정확한 싱코페이션*이었다. 알리스는 건물 현관 쪽으로 나 있는 음식점 문에 기대섰다. 문지방은 미끌거렸다. 인도인 요리사는 파슬리, 반쪽짜리 토마토, 양파 껍질, 둥근 고무줄 밴드 등을 하나로 뭉쳐 쓸어 냈다. 오늘 영업 끝. 그는 혼잣말로 중얼거리며 빗자루를 세워 놓고 큰 소리로 꿀꺽거리며 사과 주스를 병째 마셨다. 전날에는 또 다른 인도인 요리사가 주방 한복판에 서서 생

---

* 당김음.

217

수 한 병을 그대로 머리 위에 붓고 있었다. 알리스 보라
고 한 일은 아니었지만 알리스는 기분이 좋아졌다.

맞아요. 오래 떠나 있을 거예요. 알리스가 대답했
다. 달리 대답하는 것이 불가능했다. 라이몬트가 죽었
다고 말하는 것은 상상할 수 없는 일이었다. 알리스는
문신을 한 그 여종업원에게 바깥 출입문 앞에서, 그러
니까 거리에 서서 말했다.

남편은 대체 어디 가셨어요?

세상을 떠났어요.

종업원은 진심으로 조의를 표한다고 말했다. 정말
안됐네요. 그런 다음 그녀는 일을 그만두고 어디론가
자리를 옮겼다. 그 뒤로 누구도 음식점 앞 칠판에 그녀
처럼 멋지고 매끈하게 '해피 아워'라는 글씨를 쓰지는
못했다.

라이몬트는 죽었어요.

알리스는 그 말을 한 번 더 할 수가 없었다. 더 이
상 주방을 들여다보지 않았다. 바람이 몰려 들어왔다.
파슬리 향, 얼음을 잘게 깨뜨려 뿌려 놓은 플라스틱 접
시 위에서 희미하게 빛나는 레몬 한 조각, 젖은 도마 위
샐러드용 배추, 와인용 포도, 바나나, 참외. 행주, 기름
이 가득 담긴 양철통, 거대한 꿀 병들, 양쪽에 귀가 달

 라이몬트

린 대형 물통과 냄비들. 밤 12시 직전이었다. 또 다른 인도 요리사는 피우던 담배를 타일 바닥에 비벼 껐다. 그리고 김 서린 안경을 벗어 꼼꼼히 닦아 다시 썼다. 그는 곁눈질을 하며 아직도 귀를 기울였는데, 손가락들은 움찔거려 열쇠 꾸러미를 흔들고, 열쇠 꾸러미의 링으로 양동이를 두드려 댔다. 요리사는 중얼거리다가 잠시 생각에 잠겼다가 하품을 하고는 일어서서 한쪽 발로 양동이를 구석에 밀어 놓았다. 그러고는 열쇠를 공중에 던졌다가 다시 받아 들고 나직하게 휘파람을 불고는 뒤로 돌아서 알리스에게 양손을 내밀었다. 열쇠는 온데간데없었다.

어디로⋯ 첫 번째 인도인 요리사가 물었다.

여행을 가셨어요? 그는 바람을 넣어 뺨을 볼록하게 하고는 알리스를 바라보며, 마치 왕홀王笏을 짚고 선 왕처럼 자기 빗자루에 몸을 기댔다.

알리스는 그의 눈길을 비껴갔다. 뭐라고 대답을 해야 좋을지 몰랐다.

그러나 인도인 요리사는 말했다. 이해해요, 이해해. 그랬군요. 벌써 알아들었어요. 그는 끊임없이 고개를 끄덕였다. 나중에 그는 또 다른 인도인 요리사를 가리키며 말했다.

재는 목사目四*예요. 그래서 다른 사람들보다 훨씬 잘 봐요. 저 친구도 곧 떠날 거예요.

어디로요?

아, 글쎄요, 고향으로 갈 건가? 아마 고향으로 돌아갈 거예요. 뭄바이. 아니면 달나라로 가든가.

라이몬트는 저녁이면 주방 테이블 앞에 앉아 있었다. 테이블의 부드러운 나무에는 눈에 보이지는 않지만 그가 팔꿈치를 괸 자국이 남아 있을 터였다. 그곳에 앉아 라이몬트는 창가에 핀 푸른 꽃들이 하루 일과를 마치고 열세 개의 꽃잎들을 다시 안으로 말아 들이는 모습을 바라보았다. 매일매일. 꽃줄기 사이에 줄을 친 거미들은 점점 자라 커졌고, 일부는 사라졌고, 일부는 집 안으로 들어왔다. 들어와. 알리스는 테이블과 식기장 사이에 앉아 거미 한 마리를 바라보았다. 그 거미는 주방 문 위 구석에 집을 지었다. 앞으로 다가올 긴 시간을 위해서였다. 라이몬트가 살아 있었더라면 그 거미를 주방에서 쫓아내려 했을 테고, 알리스는 그냥 놔두라고 그에게 부탁했을 것이다. 그래서 이 거미는

*   '눈이 네 개'라는 뜻으로, 안경 쓴 사람을 낮잡아 부르는 말.

 라이몬트

거기 남아 있게 되었을 것이다. 알리스의 할머니라면 알리스에게 잘했다고 칭찬했을 것이다. 알리스는 속삭였다. 저 거미가 실을 잣는 모습을 바라보면서 뒷마당에서 들려오는 소리에 귀를 기울여 봐. 졸졸 흐르는 수돗물 소리. 오래오래 이를 닦는 소리. 전화 벨소리. 문 여닫는 소리. 계단 오르내리는 소리. 두 인도인 요리사는 종이 상자들을 밟아 납작하게 만들어 놓고 길게 죽죽 찢어 쓰레기통에 채워 넣은 다음, 담배를 피워 물었다. 담배 연기가 뒷마당으로 올라가 창가에 조용히 앉은 알리스에게까지 왔다. 나중에는 박쥐들이 내려앉았다. 그날의 마지막 비행기들도 당연히 날아갔다.

남은 것들은 테이블에 놓여 있었다. 자동차 부속품, 먹다 남은 아몬드 크루아상이 든 봉지. 그 밖에는 남은 게 아무것도 없었다. 재킷, 티셔츠, 이런저런 것들로 반쯤 채워진 상자는 마야가 아직 가져가지 않은 미햐의 여행 가방 옆에 놓였다. 그 가방은 알리스가 한 번씩 들어 볼 때마다 무거워지는 것 같았다. 마치 그 안에 꾸준히 자라나는 무엇인가가 들어 있는 것처럼. 알리스는 미햐가 죽은 뒤로 한 번도 그 가방을 열어 보지 않았다. 알리스가 알기로 로테는 콘라트가 살아 있는 동안 작은 메모지를 문 옆에 붙여 놓았다. 흘려 썼지만 분명히 알아볼 수 있는 필체로 쓴 문장이었다.

금방 돌아올게.

알리스는 자신과 라이몬트에게도 그 비슷한 것이 있었는지 찾아보았다. 그것을 찾아내지는 못했지만, 그럼에도 알리스는 그런 것이 존재했다는 것을 확신했다. 어느 날엔가 우연히, 분명히 알리스는 그것을 찾을 것이다.

알리스는 때때로 루마니아 남자를 만나러 갔다. 두 사람은 오랫동안 만나지 않았지만 그건 전혀 문제가 되지 않았다. 아무 문제가 아닌 것처럼 보였지만, 알게 뭐람, 모든 것은 언제나 나중에야 알게 되는 법이야. 알리스는 그렇게 생각했다. 루마니아 남자도 늙어 갔다. 관자놀이에 흰머리가 생겼고 살이 빠져 차분한 느낌을 주었다. 하지만 뾰족하게 솟은 그의 귀는 여전히 눈에 띄게 빛났다. 예전처럼 그는 맥주를 마셨고, 담배는 이제 피우지 않았다. 마지막 날이 다가오면 그때 다시 피워야지. 그는 그렇게 말했다.

하지만 그걸 어떻게 알아. 알리스는 모르는 것이 너무나 많다는 데 놀라며 말했다. 언제가 자신의 마지

　　　　　　　　　　　라이몬트

막 날이 될지 어떻게 알 수 있겠어.

알리스는 주먹으로 가볍게 그의 팔을 쳤다. 그러자 그는 미소를 지으며 옆으로 몸을 빼는 시늉을 했다. 두 사람은 루마니아 남자의 집 발코니에 앉아 있었다. 여기엔 밤 9시부터 새벽 4시까지만 앉아 있을 수 있어. 루마니아 남자가 말했다. 아침이 오기 시작하면 너무 뜨거워지지. 그늘도 30도니까 말이야. 내가 키우는 식물들을 봐. 야생 클로버랑 옛날 당아욱도 있어. 그는 발코니의 화단 속을 헤집더니 덩굴식물을 끄집어내며 성냥개비 심지만 한 크기의 꽃잎들을 가리켰다. 이것 봐. 오랑캐꽃이 개량되기 전엔 원래 이 모양이었어.

알리스는 안을 들여다보았다. 작은 고양이 얼굴 같았다. 알리스는 물을 마시고 루마니아 남자는 와인을 마셨다. 해는 느릿느릿 떨어졌다. 그런 다음 반달이 솟아올랐다. 저 멀리 하늘 뒤편으로 방송 송신탑이 보였고, 마리엔 교회와 포럼 호텔의 네온사인 너머는 어두웠다. 천둥 번개가 치지는 않을 거야. 루마니아 남자가 이렇게 말하고 혀를 차며 뭔가 안다는 듯 고개를 저었다. 보름 때나 되어야 천둥이 칠걸. 고향인 루마니아에서랑 똑같아. 햇빛이 내리쬐는 넓은 땅. 사과나무가 서 있는데도 물이 없고, 사과나무 밑에는 그늘이 있었어. 닭들이 무리를 지어 이리저리 뛰어다니면서 먼지를 일으키고 하다가 모든 게 멈추고 소강 상태가 되지. 그다음에 갑자기 천둥 번개가 치는 거야. 비가 엄청나게 쏟아지고 모든 것이 물에 쓸려가 버려. 그랬었어. 하지만 아직 그럴 때가 되진 않았군.

배가 고프네. 빵 좀 줄래? 알리스가 말했다.

물론이지. 그러면서 루마니아 남자는 나갔다가 나무 도마를 들고 돌아왔다. 붉은 체리 잼을 바른 빵 두 조각이 올라가 있었다. 어머니가 보내온 잼이야. 조심해. 옷에 묻으면 안 되니까.

알리스는 빵을 먹었다. 조심스럽게, 그리고 생각에 잠겨. 마치 체리 잼 바른 빵을 처음 먹어 보는 것 같은 기분이었다. 잼이 너무 달아서 입안을 가득 채우는 느낌이었다. 설탕과 과육. 알리스는 눈물을 흘렸다. 두 사람은 시내를 내려다보았다. 휴경지. 예전에 담장이 둘러쳐져 있던 곳에는 양들이 풀을 뜯고 있었고 커다란 창고 건물이 들어서 있었다. 그다음은 서쪽에 새로 조성된 거주 지역. 그곳 창문들에서 불빛이 켜지기 시작했다. 모든 것이 무대 세트처럼 보였다. 일부러 세워 놓은 것 같았다. 인위적인 설치. 비행기 한 대가 비스듬히 달을 가리며 지나갔다. 오른쪽에서는 전철이 다가

　　　　　　　　　　　　　　라이몬트

오면서, 무겁게 커브를 돌며 깔끔한 박자로 선로 위를 미끄러져 갔다. 저 전철을 타고 지나갈 때 나한테 손을 흔들어. 그러면 내가 볼 수 있거든. 루마니아 남자가 말했다. 그럴게. 약속해. 알리스가 대답했다.

그들은 라이몬트에 대해 아무 말도 하지 않았다. 루마니아 남자는 라이몬트에 관해 물어보지 않았고, 알리스 역시 아무 말도 하지 않았다. 라이몬트는 루마니아 남자를 탐탁지 않게 여겼다. 어쩌면 그를 질투했을지도 모른다. 뭔가를 알았거나 예감했거나 혹은 의심했을 수도 있다. 마지막 사람이 첫 번째가 된다고 했던가, 아니면 첫 번째가 마지막 사람이 된다고 했던가? 꼭 알 필요는 없다. 앞으로도 중요하지 않을 것이다.

두 사람은 모든 것을 이야깃거리로 올리지는 않았다. 사실 두 사람은 어떤 화제들은 정확하게 비껴가고 있었다. 알리스는 그런 느낌을 받았다. 둘 다 너무 지쳐 있어서였을까. 아니면 언제나 그랬듯 확고한 결단을 내릴 수 없어서였을까. 알리스는 그걸 다행스럽게 생각했다.

미햐의 아이는 잘 자라고 있어. 루마니아 남자가 불쑥 말을 던졌다. 아이는 묘지에서 자랄 거야.

그 얘긴 어디서 들었어? 알리스가 물었다. 그냥 들

었어. 루마니아 남자가 가볍게 대꾸했다. 저 아래 묘지, 미햐의 무덤 앞에서 잘 놀고 있더군. 아이 엄마가 항상 곁에 있어. 이런 날씨에는 묘지에 있는 게 덜 덥고 좋지. 안 그래? 거긴 그늘이 좋으니까.

그래, 그늘지고 서늘하지. 알리스가 말했다.

자정이 되기 한 시간 전에 가로등 불이 켜졌다. 양들이 풀을 뜯는 풀밭 옆에 세워진 인공 암벽을 기어오르는 사람들은 길고 넓게 곡선을 그리며 밧줄을 탔다. 가위로 잘라 낸 듯 깔끔한 선이었다. 그들은 아무 소리도 내지 않았다. 나방과 반딧불이 무리가 가로등 불빛을 향해 날개를 파닥이면서 몰려들어. 루마니아 남자가 말했다. 알리스는 그 말이 옳지 않다는 걸 알았다. 조금만 더 있으면 우주 정류장을 볼 수 있어. 이곳을 지나가거든. 저 뒤쪽으로 말야. 그는 왼편 어두운 하늘 위를 가리켰다. 그리고 화성, 토성, 목성 이런 것들도 나타나. 정말이야.

그 노래가 뭐였지? 알리스가 물었다.

무슨 노래?

우리가 어릴 때 행성들 이름 외우려고 부른 노래 말야. 일요일마다 아버지가 나한테 어쩌고저쩌고.

     라이몬트

내가 벌써 여러 번 얘기했거든. 생각 안 나?

그래도 한 번만 더 얘기해 봐.

일요일마다 우리 아버지는 나한테 행성 아홉 개를 얘기해 주셨어.

두 사람은 함께 종알거렸다. 목성, 토성, 지구, 화성, 금성, 수성, 천왕성, 해왕성, 명왕성.

그런데 이제 더 이상 소용없어. 알리스도 아는지 모르겠네. 명왕성은 이제 빠졌거든. 그 대신 새로운 행성 두 개가 들어갔지. 루마니아 남자가 말했다.

나도 알아. 우리 이제 새로운 노래를 만들어서 연습해야겠네. 알리스가 말했다.

나중에 알리스는 집에 돌아왔다. 참으로 정다운 밤을 지나서. 알리스는 한참이나 손을 흔들며 걸었다. 뒤는 돌아보지 않은 채 손을 흔들었다. 알리스는 거리에 드리워진 자신의 그림자를 바라보았다. 자른 듯이 또렷하게 그려진 선명한 그림자였다. 그림자 전체에 비해 흔드는 손은 너무나 작아 보였다. 루마니아 남자가 자기 발코니에 서서 알리스가 모퉁이를 돌아 사라질 때까지 마주 손을 흔들고 있으리라는 것을 그녀는 알았다. 안녕, 다시 만나. 알리스는 문이 닫힌 카페 앞을 지나갔다. 의자들이 테이블에 기대 포개져 있었다. 그리고 공원 옆길을 따라 집으로 향했다. 알리스가 여전히 살고 있는, 그리고 3층 방 불을 자신이 밝혀 놓은 그 집. 공원 주위에서 풀 향기가 풍겨 왔다. 집 앞에 라이몬트가 앉아 있었다. 건물 현관문 앞 계단 위에, 벽에 등을 기대고 앉아, 차분하게 알리스를 기다리면서. 놀랍게도 그는 담배를 피우고 있었고, 알리스는 그 담배의 빨간 불빛을 볼 수 있었다. 그녀는 걸음을 재촉하며 교차로를 건넜고, 구두가 보도블록 위에서 달각달각 소리를 냈다. 건물 현관문 앞에 있던 형체가 일어섰다. 그가 라이몬트가 아니라 두 번째 인도인 요리사라는 것을 알아보았을 때 알리스는 실망하지 않았다.

목사. 그도 일종의 마법사일 수 있다. 그 나름의 방식으로.

라이몬트

명왕성처럼
사라지다

2011년에 번역한 유디트 헤르만의 『알리스』를 15년 만에 다시 읽었다. 헤르만의 짧고 건조하지만 매혹적인 문체에 다시 한번 깊이 빠져든 시간이었다.

여전히 젊은 나이지만 아주 젊지는 않은 여성 알리스가 겪은 연인과 지인들의 죽음 다섯 번. 15년 전 이 책을 처음 만났을 때는 아직 가까운 이들의 죽음을 거의 겪어 보지 않았던 시절이었다. 하지만 그 뒤로 엄마와 시어머니가 돌아가셨고, 친척 어른들이 차례로 세상을 떠나셨다. 지난겨울에는 새언니의 연락을 받고 호스피스 병동에 찾아갔다. 죽음을 앞둔 이종사촌 오빠가 마지막으로 가족과 친구들과 작별 인사를 하고 싶어 하신다는 것이었다. 오빠와 새언니를 병실에서 만나 두 시간 남짓 쉴 새 없이 옛 추억을 이야기하며 기념사진을 찍었다. 처음으로 오토바이를 산 오빠

231

가 초등학생이었던 나를 태워 줘서 신이 났던 기억, 우리 집에 찾아와 새언니를 처음 소개하던 날의 기억, 엄마가 돌아가셨을 때 함께 산소에 갔던 기억 등을 되살리며 함께 웃었다. 견디기 어려운 통증이 수시로 엄습해 진통제로 버티는 오빠였지만 그 시간만큼은 즐거워 보였고, 오빠가 곧 세상을 떠날 예정이라는 사실이 도저히 믿기지 않았다. 하지만 2주 뒤 새언니를 다시 만난 곳은 오빠가 안치된 대학병원 영안실이었다.

사촌오빠의 죽음 후 『알리스』의 첫 번째 에피소드 「미햐」를 펼쳤을 때, 첫 번역 때와는 달리 소설의 모든 디테일이 눈앞의 현실처럼 선명했고 전에 작품을 읽을 때는 보이지 않던 것들이 새롭게 눈에 들어왔다. 그리고 몇몇 구절에서 예전과는 달리 눈물이 차올랐다.

작가 자신의 모습으로 보이는 주인공 알리스는 타인에게서 보호나 위로를 구하지 않는다. 특별히 강인해서라기보다는 위로받는 법을 배우지 못한 인물로 보이는데, 작가 헤르만은 언제나 이런 사람들의 삶을 옹호하는 태도를 소설로 보여 주었다. 작가는 주인공이 어떤 방식으로 상실을 극복하고 자신의 삶을 계속 이어가는가에 대해 썼다. 툭툭 끊기는 건조한 문체는 알리스의 무심한 듯한 태도와 잘 어울리지만, 그 문체

 옮긴이의 말

는 알리스가 애써 숨기고 있는 섬세함과 다정함, 예민함을 역설적으로 내비치면서 그 슬픔과 상실감의 깊이를 더한다.

마지막 에피소드 「라이몬트」에서 알리스는 연인 라이몬트가 죽은 뒤, 「콘라트」에 이미 등장했던 '루마니아 남자'를 만나 '태양계의 아홉 개 행성 중 어느 날 행성의 지위를 상실한 명왕성'에 관한 이야기를 나눈다. 마치 죽음도 이런 종류의 상실로 자연스럽게 받아들여야 한다고 말하는 듯하다. 존재 자체가 사라진 것이 아닌데도 행성 목록에서는 사라져 버린 명왕성처럼, 우리가 사랑하는 사람들도 우리 시야에서는 사라졌으나 보이지 않는 어딘가에 여전히 존재하는 것이라 생각한다면 조금은 덜 슬퍼질까?

지난달 헤르만은 긴 침묵 끝에 또 하나의 자전적 소설 『시간을 되돌리고 싶어(Ich möchte zurückgehen in der Zeit)』로 독일 독자들을 만났다. 나치 친위대에 소속되어 2차 세계대전 중 폴란드 학살에 가담했을 것으로 추정되는 자신의 할아버지에 대한 이야기다. 『알리스』에서와 마찬가지로 독자들은 이 작품에서도 그 할아버지의 구체적인 행적에 대한 답은 얻지 못한다. 그보다 헤르만은 가족들이 전쟁범죄자를 바라보는 시각이 일반적으로 학교에서 가르치는 역사의 맥락과 얼마나 거리가 있는가를 보여 준다. 『알리스』의 작가를 다시 만날 수 있어 반갑다.

2026년 3월

이용숙

알리스

1판 1쇄 2026년 3월 25일

지은이 유디트 헤르만
옮긴이 이용숙

디자인 studio forb
제작 북작소

펴낸이 임인선
펴낸곳 마라카스
출판등록 2022년 12월 1일 제2022-000053호
전화 070-7760-6467
팩스 02-6442-6467
메일 book.maracas@gmail.com
인스타그램 @book.maracas

ISBN 979-11-981650-3-9 03850